국가의
사
생
활

국가의사생활

이응준 장편소설

민음사

인간은 자신의 역사를 만든다. 하지만 자신이 원하는 그대로는 아니다. 인간은 스스로 선택한 환경이 아니라 과거로부터 직접 발견되고 주어지며 이전된 환경 속에서 역사를 만드는 것이기 때문이다.

　　—카를 마르크스, 『루이 보나파르트의 브뤼메르 18일』에서

1

나는 아이답지 않게 실의에 빠져 있었다. 할아버지는 그런 내게 이상한 이야기를 들려주었다. 우리는 먼 나라의 군함 한 척이 묶여 있는 강가에 나란히 서 있었다. 초저녁 가을바람이 차가웠다.

깊은 바닷속에서 작은 알을 깨고 자라난 거대한 물고기가 있었다. 그 길이가 몇천 리인지 알 수 없었다. 몇천 리는 내가 이해할 만한 수치가 아니었다.

"저 배보다 커요?"

"비늘 하나가 그만하지."

비로소 거대한 물고기는 거대한 물고기가 되었다. 애들이란 그렇다. 일단 머릿속에 그림만 그려 주면 무엇이든 곧장 현실이 된다. 애들에게 함부로 아무 그림이나 그려 줘서는 안 된다.

"물고기는 새가 되었어."

거대한 새였다. 그 크기가 몇천 리인지 알 수 없었다. 깃털 하나가 내가 바라보고 있는 군함만 했으니까. 이 새는 바다가 요동치면 하늘 높이 솟아올라 땅끝까지 날아간다. 이야기는 그게 다였다. 더 이상의 설명도 없었다. 붉은 구름이 강물 속에 웅크리고 있던 것을 기억한다.

나는 왜인지 모르게 기분이 좋아졌다. 작은 알은 거대한 물고기가 되고 그 거대한 물고기는 다시 거대한 새가 되어…… 어째서 나는 이것이 무슨 뜻인지 묻지 않았던 것일까? 곰곰이 돌이켜 보면 그때 할아버지의 눈빛은 너무 어두웠다. 그는 악마의 역사를 피와 뼈로 돌파해 낸 인간이었다. 먼 나라의 군함은 사막에 놓여 있는 것만 같았다.

다음 날 새벽 할아버지는 자신의 삶과는 어울리지 않는 평온한 죽음을 맞이했다. 나는 슬픔이 견디기 힘들어 계속해서 되뇌었다. 작은 알은 거대한 물고기가 되고 거대한 물고기는 거대한 새가 되어 날아간다고. 할아버지는 정말 이 이야기가 우울한 손자를 달래 줄 거라 믿었던 것일까? 어쨌거나 보람은 있었다. 나는 또 왜인지 모르게 마음이 편해졌으니까. 나는 어렸다. 그리고 아직 살인자가 아니었다.

2

"며칠 후—며칠 후—요단강 건너가 만나리—"

대한민국의 조선민주주의인민공화국 흡수통일로부터 다섯 해 뒤인 2016년 4월 10일 일요일 오후 3시경 날씨 맑음. 경기도 용인시 외곽에 소재한 사영 공동묘지 진달래 추모 공원. 커다란 인공기에 덮인 관 하나가 밧줄들에 매인 채 깊은 황토 구덩이 속으로 천천히 내려가고 있었다.

"이 세상 작별한 성도들—하늘에 올라가 만날 때—"

노파들과 젊은 남자 목사가 부르는 찬송가는 음정과 박자가 불안했다. 이들은 아무런 연관이 없는 한 북한군 출신 조직폭력배의 장례를 치러 주기 위해 납치되다시피 끌려왔다. 겁을 집어먹은 것은 당연했다.

"인간의 괴롬이 끝나고—이별의 눈물이 없겠네—"

무덤구덩이를 빙 둘러싸고 있는 대동강 단원들도 곤혹스럽긴 마찬가지였다. 기독교식 장례가 영 낯설고 해석이 안 되는지 굳어 버린 표정들이 저마다 가관이었다. 남한의 조폭들과는 달리 그들 가운데는 덩치가 커다랗거나 살이 찐 자가 없지만 눈매가 매섭고 광대뼈가 드러난 것이 깡다구는 상당해들 보였다. 그들은 종교에 무지했다. 특히나 기독교는 가히 살벌한 왜곡의 대상이었다. 선녀가 배가 고파 사과나무에서 사과를 따 먹었다. 선교사가 나타나 선녀를 사과나무에다가 꽁꽁 묶는다. 그러고는 붓에 염산을 찍어 선녀의 이마에 도적이라 쓴다. 아펜젤러라는 선교사가 평양에 병원을 세웠다. 그는 그곳 지하실에서 인간 생체 실험을 하면서 장기는 미국에 내다 팔았다. 이것은 절대 은유가 아니다. 대동강 단원들이 북조선의 인민학교와 고등중학교에서 공부했던 교과서에는 진짜로 그렇게 적혀 있었다. 영화도 사정은 비슷해 선교사들은 까만 수도복을 입은 드라큘라쯤으로 묘사되었다. 북한에서 명목상이나마 유일하게 활동하던 종교 단체는 천도교였는데 기실 그것은 조선노동당의 하부 조직 격으로서 남북 이산가족 상봉 등에 단순히 이용될 뿐이었다. 1988년인가, 평양의 한 공원 쪽에서 뜻 모를 건축 공사가 시작되더니 어느 날 갑자기 커다란 십자가가 높이 올라갔다. 당시 평양 시민들은 어리둥절한 충격을 받았으나 그 예배당은 국제 행사 개최를 위한 대외 선전용에 불과했다. 보위부에서 무슨 지하 종교 모임을 적발해 전원 처형해 버렸다는 소문이 아주 가끔 나돌기는 했지만. 아무튼, 무작정 통일이 됐다고 해서 탁아소 때부터 뇌에 깊이 각인된 엽기적인 만화들이 쉽사리 지워질 리 만무했다.

"며칠 후—며칠 후—요단강 건너가 만나리— 아—멘—"

관이 무덤구덩이 밑바닥에 안착했다. 목사가 기도에 앞서 손수건으로 관자놀이에 맺힌 땀을 훔쳐 냈다.

"생, 생사화복을 주장하시는 하나님 아버지, ……아버지, 우리는 지금, 우리 형제 임병모 성도의 시신을 이곳에 안장합니다. 음. 육신은 흙에서 왔다가 흙으로 돌아가옵고, 영은 하나님께로서 왔기에 하나님께로 돌아가나이다."

"아아, 멘."

대동강 단원들의 눈치를 힐끔힐끔 살피던 노파들이 어느새 서로서로 손을 꼭 잡고서 담대해지기 시작했다. 성령이 임하였던 것이다.

"아멘!"

"아메엔!"

살날이 얼마 남지 않은 할머니들의 두려움 없는 영혼이 두려워, 살날이 적잖이 남아 있는 목사는 감은 두 눈을 더욱 질끈 감았다.

"……주님 재림하시는 날엔 믿는 자들은 물론이요, 믿지 않던 자들까지 하나님의 심판대 앞에 설 것이오니, 그때, 그때 선악 간에 이 땅에서 행한 모든 일들이 전부 밝혀질 것입니다."

"아멘!"

"어, 이제 고인은 눈물도 탄식도 없는 아버지 품에 안식하며 계신 줄로 믿습니다. 그래서……."

"오, 주여, 아멘!"

"아메엔. 할렐루야!"

"움. 그래서 우리 모두, 그러니까, 마지막 날에 부활하여, 모두, 영원한 하늘나라에서 기뻐 뛰며 다시 만날 소망 주옵소서……."

"할렐루야!"

이러한 광경을 조명도가 공동묘지 언덕에 홀로 서서 내려다보고 있었다.

"위대하구만. 위대해."

혼잣말을 읊조린 조명도는 담배를 입에 물고 라이터 불을 켜려다가 햇살 저 너머에서 어른거리는 심상치 않은 무언가를 발견했다. 정문에서 장례식장 쪽으로 이동하고 있는 그 희미한 물체가 점차 태양의 역광을 벗어나 리강이라는 것이 선명해지는 순간, 조명도는 이맛살을 잔뜩 찌푸렸다.

대동강 단원들이 일제히 인사를 하려고 하자 리강이 무심한 손짓으로 중단시켰다. 대동강 단원들은 방금 전까지의 난감한 모양새로 복귀했다. 조명도는 한층 빈정 상한 얼굴이 되었다.

리강은 아까부터 조명도의 위치를 파악하고 있었음이 확실한 태도로 공동묘지 언덕을 향해 올라갔다. 조명도는 고개를 숙인 채 다가오던 리강이 자기를 똑바로 쳐다보자마자 친근한 얼굴로 탈바꿈했다.

"야아, 며칠 더 있어야 볼 줄 알았는데? 한 달 만인가?"

리강은 대꾸 없이 조명도 곁에 나란히 섰다.

"평양 갔던 일은?"

"어떻게 된 거야?"

"회사 안 들렀나 보네?"

"고속도로에서 전화 걸었다가 곧장 온 거야."

"문 형사 짓이야."

"······또?"

"병모가 은좌(銀座)에서 고 반장 팀을 접대했어. 문 형사가 꼬장이 심했나 봐. 북한 년들이 이러니저러니 하면서 깔궁깔궁 못되게 군 거지. 욱해서 그놈한테 달려든 병모를 말리느라 한바탕 난리가 났대요. 병모가 씩씩대다 먼저 나가 버리고 얼마 있다가 문 형사도 저 혼자 일어났다는데 나중에 보니 그렇게 된 거야."

"문 형사가 병모를 죽였다는 소리지 지금?"

"그렇다니까."

"밤에?"

"그럼 대낮에 룸살롱에서 경찰 술 퍼먹였겠냐?"

"문 형사가 그럴 만한 위인이 아닌데?"

"원래 소심한 것들이 더 위험한 법이야. 일화 년 아파트 근처에 쓰러져 있었다. 앞질러 가서 기다리고 있다가 쐈겠지. 신고 들어온 걸 고 반장이 가 보니까 이쿠, 병모였던 거야. 단장님에게 조용히 시신만 인계한 거지."

"······."

"문 형사는 애들이 단장님 허락도 없이 다음 날 화덕 속에 모셨다. 새끼가 진작 인생을 포기했는지 텅 빈 골목에서 이름을 불렀는데 도망도 안 치더래. 거기서 바로 먹을 땄댄다. 지난번 길수 사건도 있었으니 애들 입장에선 벼르고 벼르던 게 터져 버린 거지. 걱정 마. 다 잘 처리됐으니까."

"병모가······."

"그나저나 단장님이 단원들이 맡아 두고 있던 백도라지를 싹 긁

어모았다. 어제는 병모 것도 박아 놓은 그대로 회수해 오라고 해서 여기저기 한참 뒤지다가 개 차 타이어 뚜껑을 까 보니까 나와. 근데 무슨 마약을 전시하겠다고 투명한 플라스틱 통에다 넣어 놨다냐? 그녀석 그렇게 안 봤는데, 뒷구멍으로 팔아먹으려 그랬는지 삼중 사중 밀봉까지 해 놓고 말이야. 절대 건들지 말라는 단장님 지시만 아니었어도 확 쏟아 버리고 싶더라. 넌 숨겨 놓은 거 없어? 자수해."

"없어. 도로 거둬들인 이유가 있을 게 아냐. 그 장사 이젠 안 한대?"

"장군도령이 또 뭔가 언질을 줬겠지. 거참, 귀신같이 단속이 뜨더라구. ……아무리 무당이라고 해도 그렇지, 아새끼가 어른들한테 반말 짓거리 찍찍 해 대고, 썅, 나는 그거 영 인간 종자 같질 않아 소름이 끼쳐."

"투명한 플라스틱 통?"

"요만해. 아주 백도라지를 꽉꽉 눌러서 담아 놨더라구. 어이구, 그게 돈으로 다 얼마야?"

"……저긴 왜 저래?"

"급한 대로 요 근처 기도원에서 잡아 온 것들이야. 림병모 동무께서요, 예수쟁이셨댄다. 단장님 명령이야. 장례만이라도 원없이 치러 주라는 거지. 가만 보면 우리 단장님, 피곤한 데서만 인간적이야? 처음 구경하는 건데 희한하네. 모르지. 몰래 교회 다니고 있는 반동이 저 아래 또 있을지. 남조선 교회가 조선로동당보다 훨씬 무서운 거 같아."

"……."

"조심하라. 은좌 마담 독 올랐다. 가게에서 총질 난 지가 언젠데 또 이러기냐고. 달래느라 한참 애먹었어. 하, 그 에미나이, 표표해."

"기둥서방이 죽었는데 일화 갠 왜 안 보여?"

"에이 씨, 너는 뭐 그렇게 궁금한 게 많아? 문 형사 화장시켜 버렸다는 말 못 들었어? 이건 애초에 없었던 일이라니까? 안 온 게 아니라 못 온 거야."

관이 흙에 덮이고 있었다. 리강이 그것을 응시하며 말했다.

"구덩이는 빠져나갈 구멍이 없구나."

"뭐?"

"안 무섭냐?"

"……"

"난 무섭다."

"말이 그렇다는 거지, 남조선 교회가 무섭긴."

리강이 조명도를 빤히 마주 봤다. 말똥말똥한 조명도의 눈망울에 리강은 한숨이 새 나왔다. 리강이 조명도의 어깨를 툭 치고는 자리를 떴다. 알쏭달쏭한 와중에도 조명도는 자기가 리강에게 무시당한 게 맞다는 익숙하고도 짜증 나는 느낌에 사로잡혔다.

조명도는 언덕을 내려가는 리강의 등에 싸늘한 시선을 꽂았다. 노파들이 대동강 단원들에게 교회 나와 예수 믿고 천국 가라며 애절한 전도를 감행하고 있었다. 삽시간에 벌어진 사태였다. 기겁한 목사는 성령에 불타는 늙은 막달라 마리아들을 진정시키느라 순교하기 일보 직전이었다. 무덤구덩이를 메우던 묘지 관리인들조차 삽질을 멈춘 채 멍하니 이 부조리극을 감상하고 있었다. 그 옆을 지나치는 리강이 중얼거렸다.

"구덩이는 출구가 없어. 출구가."

저 생의 수분이 모두 증발해 버린 여자들이 권하고 있는 천국에는 출구가 있을까? 아무리 행복한들 한번 들어가서 영원히 벗어나지 못하는 곳이라면 천국이 아니라 그저 구덩이일 뿐이라고 리강은 생각했다. 조명도가 내려다보는 리강의 먼 뒷모습이 담배 연기에 흐려지고 있었다.

2016년 통일 대한민국의 화창한 봄날. 한 사내의 장례와 그것을 둘러싼 다른 여러 사내들이 있었다. 이미 죽은 자와 아직 살아 있는 자들은 서로를 잘 알고 있었으나 아무도 울거나 하지는 않았다.

3

리강이 평양에서 돌아온 지 2일째.

매끈한 대리석 바닥에 권총 한 자루가 툭, 떨어졌다. 먼지투성이 검은 구둣발이 그것을 옆으로 밀쳐 냈다. 무늬 없는 문들이 일정한 간격을 두고 양측 벽면에 주욱 늘어선 긴 복도. 손도끼를 내려 쥔 리강은 저벅저벅 걸으며 서서히 감정을 지워 나갔다. 서두르는 기색이 없는 살기만큼 공포스러운 움직임은 없다.

고 반장은 절룩거렸고 김 형사는 오른손으로 왼쪽 어깨를 감쌌다. 그들은 리강에게 욕을 해 대며 뒷걸음질 치고 있었다. 리강이 손도끼의 날을 써서 공격한 것은 아니었는지 피는 흘리지 않았다.

거품을 물고 쓰러져 있는 정 형사의 상체가, 점점 다가오는 리강의 두 다리 사이로 잠깐 보였다. 방금 대리석 바닥에 떨어진 권총은 정 형사가 빼 들었다가 리강에게 가격당해 놓친 거였다. 대낮인지라 은좌는 비현실적으로 조용해 언뜻 이승 같지가 않았다. 그들이 내는 소리들만이 지하 공간에서 고통스러울 정도로 명료하게 들렸다.

청소를 마친 웨이터가 쟁반에 빈 맥주병들을 받쳐 들고 룸에서 나왔다. 김 형사가 그것들 중 하나를 잡아 벽에 쳐 깨 들고는 리강에게 저항했다. 고 반장이 밀치는 바람에 웨이터가 나자빠졌다. 튀어 오르는 금속 쟁반과 어두운 유리 조각들이 미색 조명과 부딪쳐 요란하게 빛났다.

김 형사를 혼절시킨 리강이 정면을 보자 고 반장이 없었다. 잠시 숨을 고른 리강은 다시 저벅저벅 걸어갔다. ㄱ 자 복도였다. 리강이 좌측으로 꺾어 들자 그의 왼편과 오른편, 이제 문은 두 개밖에 없었다. 리강은 두 문 사이에 우두커니 섰다. 감정은 사라지고 감각만이 남았다. 리강은 스스로를 그렇게 대했다.

"고 반장님? 고 바안장니—임. …… 고 형사?"

리강은 왼편의 문고리를 돌렸다. 문이 부드럽게 열렸다. 반쯤 타들어 간 시가를 입에 문 장군도령이 반라의 호스티스 셋과 우물거리며 보드카를 마시고 있었다. 약과 술에 취한 호스티스들이 리강에게 부장님 어쩌고저쩌고하며 해롱댔다.

최고급 양복 차림에 머리는 오일을 발라 뒤로 넘긴 장군도령은 15세의 미소년이다. 손도끼를 들고 뻘쭘하게 서 있는 리강을 부리부리한 눈으로 꿰뚫어 보는 것이 요기가 흘러넘쳐 징글징글했다. 장군도령이 리강에게 말했다.

"불쌍헌 놈."

족히 백 살은 먹은 영감의 말투였다. 리강은 저 괴물이 그다지

밑지 않고 도리어 야릇한 연민마저 드는 까닭이 정말로 궁금했다. 순간, 너는 뭐가 그렇게 궁금한 게 많냐던 조명도의 핀잔이 떠올라 하마터면 실소할 뻔했다. 불쌍한 놈? 또 그 개소리인가? 리강은 애써 심드렁하게 문을 닫고는 복도로 나갔다.

리강은 고 반장이 숨어든 것이 분명해진 룸 앞에 섰다. 역시나 문고리는 꼼짝도 하지 않았다. 리강은 턱을 꺾어 올려 유난히 높은 천장에 매달린 샹들리에를 봤다. 화려하게 착종된 빛에 동공이 뜨거워졌다. 가슴 저 밑바닥에서 형상을 분간할 수 없는 물체가 웅웅거리기 시작했다.

고 반장은 문에서 가장 멀리 떨어진 벽에 등을 기대고 서서 문짝이 룸 밖에서 안으로 쩍, 쩍, 손도끼 날에 쪼개지는 것을 목도하고 있었다. 덜덜덜 떨리는 손끝으로 허리춤에서 권총을 꺼내려는데 쉽지가 않았다. 공포란 본색을 파악할 수 없을 때 무한대로 팽창한다. 고 반장은 그러한 공포를 느끼고 있었다.

문고리 주변이 부서져 날아가면서 문이 폭발에 밀리는 것처럼 열어젖혀졌다. 동시에 손도끼가 날아와 고 반장의 왼쪽 귓불을 아주 조금 잡아먹으면서 벽면에 박혔다. 권총을 꼭 쥔 채 쭉 뻗은 고 반장의 두 팔이 스르륵 내려갔다.

긴 테이블 위로 불쑥 뛰어오른 리강은 고 반장의 코앞까지 태연히 걸어간 뒤 왼쪽 무릎을 꿇어 그와 눈높이를 맞추었다. 리강이 고 반장의 권총을 마치 제 물건 돌려받듯 뺏어 들었다.

"형사님들, 아무 데나 총 잘 쏘시잖아. 실컷 쏘라고 따라왔는데 영 게으르시네?"

반년 전 즈음 고 반장과 문 형사, 그리고 대동강 총무 한길수는 마약 유통에 관한 배당금을 조율하던 중 뜻하지 않게 분위기가 험악해졌다. 문 형사는 한길수가 갑자기 총을 뽑는 줄 착각하고 반사적으로 제 쪽에서 먼저 쏴 버렸다. 기실 한길수는 흥분을 삭이려 외투 안주머니에서 풍선껌을 꺼내던 참이었다. 한길수는 금연 7일째에 바라지도 않던 영원한 안식을 얻은 것이다.

차마 웃지도 울지도 못할 경우였지만 이와 엇비슷한 난장은 여기저기서 심심치 않게 벌어지곤 하였다. 통일 대한민국에서 총기는 도난 차량보다도 구하기가 쉬웠다. 2014년 가을에는 안양의 한 사립 고등학교 양호 선생이 자신을 3년 가까이 성폭행해 오던 교감의 머리통에 구소련제 토카레프로 수도관만 한 구멍을 내 버리는 바람에 온 나라가 발칵 뒤집혔었다. 하물며 부패 형사와 인민군 출신 조직폭력배 사이에서야 더 말할 것도 없었다. 이제 경찰들은 문방구에서 파는 장난감 총만 봐도 엉겁결에 총을 뽑아 드는 히스테리성 노이로제에 시달렸다. 이것이 조명도가 문 형사를 가리켜 소심해서 더 위험하다고 진단한 배경이다. 모두가 청천벽력같이 찾아든 평화 통일의 대혼란 속에서 공화국 군대의 무기 회수와 그 관리가 허술했던 탓이다. 그리고 그것은 2011년 5월 9일 오후 4시경 한반도에서 난데없이 판도라의 상자가 열리며 튀어나온 수천의 마귀들 중 고작 한 마리에 불과했다.

대동강 단장 오남철은 단원들의 동요를 무마하며 한길수의 죽음을 불문에 부쳤다. 부하의 목숨을 하찮게 여긴다거나 버러지보다 못한 문 형사와 고 반장을 감싸 줄 만큼 인간애가 무한해서는 아니었다. 효용 가치가 남은 것은 마저 쓰고 나중에 버려도 늦지 않다는 게 그의 지론이었다. 상상만 해도 이가 시리는 대동강의 보복에서 벗어난 고 반장의 무리는 오남철의 권위에 더욱더 절절매게 되었다.

리강은 고 반장의 오른쪽 눈을 총구로 짓눌렀다.

"이, 이 부장. 이러지 마."

고 반장은 평소 도무지 속을 알 수 없고 오남철의 명령조차 종종 따르지 않는 리강이라면 충분히 방아쇠를 당길 수 있다고 생각했다.

"내가 아프리카에 혁명 수출하면서 몇이나 보냈을 거 같아? 통일이 되고 나니 북한 년들은 좋은데 북한 놈들은 너무 미워. 그죠?"

"너, 너네 단장이……."

"아아, 집어치워. 난 그런 거 몰라. 병모 어떻게 된 거야?"

"문 형사 죽은 걸로 마무리된 일이잖아?"

"글쎄? 몰라?"

"생사람 잡지 마. 난 시체 넘겨준 죄밖에 없어."

"정말 몰라?"

리강의 왼손이 고 반장의 오른손을 테이블 위에 고정시켰다.

"뭐하자는 거야?"

"네가 뒤에서 장난친 거 아냐?"

리강은 권총의 노리쇠를 후퇴시킨 다음 그것을 고 반장의 혁대 버클 안쪽으로 쑤셔 넣었다. 총구가 팬티 속까지 파고들어 가 고 반장의 성기에 차갑게 닿았다.

"미쳤어?"

"움직이지 마세요. 총알 나가니까."

리강이 벽에 박힌 손도끼를 뽑아 들었다.

"이 부장. 이 부장!"

손도끼 날의 모서리가 고 반장의 오른손 중지와 약지 사이 테이블에 꽂혀 대롱거렸다. 고 반장은 비명조차 지르지 못했다. 고 반장의 바지에 오줌이 번졌다.

"위대한 통일 대한민국 경찰이 이게 뭡니까?"

그때 뒤에서 여자 목소리가 앙칼지게 찢어졌다.

"이 개새끼들아!"

리강이 고개를 돌리자 은좌 마담 홍혜숙이 웨이터들과 함께 서 있었다. 웨이터들은 혼이 빠져 있었지만 홍혜숙은 흐트러짐이 없었다.

"나는 너희들이 사람이라는 게 이해가 안 돼."

리강은 그녀의 그 말이 진심이라는 것을 잘 알고 있었다.

4

리강이 평양에서 돌아오기 2주 전.

양손을 바지 주머니에 찔러 넣은 조명도는 길고 깊은 계단을 터벅터벅 내려갔다. 지하 3층, 지상 6층으로 이루어진 광복빌딩은 지하 1층과 지상 1층부터 3층까지는 은좌가, 지상 4층부터 6층까지는 대동강이 공작한 유령회사가 사용하고 있었다. 지옥의 심장부는 지하 2층과 지하 3층이었다. 설계 도면상에는 존재하지 않는 이 비밀한 공간을 대동강들은 자기들끼리 땅굴이라고 불렀다. 지하 2층은 1호 땅굴. 지하 3층은 2호 땅굴. 통일 대한민국 이남 상류층 남자들이 이북 여성 접대부들을 만끽하는 당대 최고급 룸살롱의 바로 밑에서 희대미문의 조선 인민군 출신 폭력 조직이 어느 스너프 필름에도 뒤지지 않는 리얼 잔혹극을 관객 없이 자주 공연하고 있었다. 1호 땅굴과 2호 땅굴에서 울려 퍼지는 비명은 철근콘크리트 벽의 두께를 뚫지 못하거나 설령 새어 나간다 하더라도 호화로운 술판에서 흘러나오는 노랫소리와 온갖 소음들 속에 파묻혀 버렸다. 광복빌딩은 통일 대한민국의 모델하우스였다.

리강 동무. 너는 내가 너에 대해 잘 모른다고 생각하지? 어쩌냐. 나는 내가 너에 대해 모르는 게 있을지도 모를까 봐 걱정인데. 왜 아직도 이 판타스틱한 사회에 적응을 못 해 구질구질한 알약이나 몰래 씹어 삼키고 있니? 응? 조명도는 리강이 한심했다. 순진한 자들은 타인들이 자신처럼 행동할 거라 착각하는 부류다. 순수한 자들은 타인들이 자신처럼 행동해야 옳다고 화가 나 있는 부류다. 조명도의 판단에 리강은 전자와 후자 둘 다였다. 치명적인 약점이 아닐 수 없었다. 순진한 바보는 핀이 뽑힌 수류탄보다 위험하고 순수한 악마는 신에게 대들지 않고서는 못 배기는 법이니까.

북조선에서 출신 성분이란 한 인간의 삶을 결정하는 가장 중요한 사안이었다. 혁명 원로의 손자로서 엘리트 군인의 길을 영웅적으로 밟아 가던 리강은 별반 내세울 것 없는 조명도에게 있어 아예 경쟁 자체가 성립되지 않는 밤하늘의 별이었다. 하지만 조선민주주의인민공화국은 이미 지구상에서 사라졌고 바야흐로 여기는 통일 대한민국이니만큼 얘기는 달라도 한참 달라야 했다. 왜냐. 조명도는 자신이 천생 남조선식 자본주의 체질인 데다가 리강은 노동당 증을 전투복 안쪽에 품은 채 아프리카 밀림에서 깜둥이들과 총질이나 해 대다 죽어야 어울린다고 믿었기 때문이다. 조명도는 통일 대한민국이 아름다워서 돌아 버릴 지경이었다.

"어느 반동 새끼가 무당 딱질 발라 놨어? 엉?"

땅굴 2호의 출입구 위에 부적이 붙어 있는 것을 보고 조명도가 양평관과 남기정에게 호통을 쳤다. 남기정이 머뭇거리는 틈에 양평관이 대답했다.

"어제 장군도령님이, 불길하시다면서."

"하시다면서? 장군도령니임?"

조명도가 양평관의 정강이를 구둣발로 세게 깠다. 양평관이 끙, 하고 바닥에 주저앉았다.

"그 아새끼가 네 아바이라도 돼? 어린놈한테 님이 다 뭐야?"

남기정이 더 때리려는 조명도를 말렸다.

"참아요, 조 부장. 시키는 대로 한 것뿐인데."

"참아요, 조 부장? 억이 막히는구만. 남 교수, 이거 못 놓겠어?"

대동강에는 과거 북한의 전문직 종사자들이 더러 있었지만 그들의 경력은 통일 조국에서 휴지 조각으로 변해 버렸다. 가령, 북한의 교사들은 거의 전부 교단에서 퇴출당했다. 처음에 정부는 이들을 어떻게든 재교육해 끌어안아 보려 하였으나 이남 학생들은 말할 것도 없고 오히려 이북 학생들이 훨씬 강력하게 북한 출신 교사들을 거부하는 사태가 발생했다. 이러니 자연히 전국적으로 선생이 모자라게 됐고 급기야 남한의 아무 대학교에서든 교직 과목을 이수한 자이면 약식 교사 임용 시험을 치를 수 있게 해 서둘러 충원해 버리는 만행이 저질러졌다.

남기정은 김일성종합대학교 철학부의 소장파 교수였다. 대동강들이 그에게 붙이는 교수라는 호칭은 존경의 표현이라기보다는 별명이라고 해야 정확했다. 그들은 더 이상 교수가 아닌 남기정을 남교수라고 건성건성 부르면서 조롱과 동정이 합성된 감정으로 스스로를 위로하였다. 평양 여성들이 꺼리는 신랑감 1위가 대학교 선생이었다. 정치적으로 아둔한 데다가 월급이 일반 노동자의 1.5배 정도이고 암시장으로 빼돌릴 물건이라야 분필이 고작이었기 때문이다. 장래에 자녀를 연구자의 길로 내보내겠다는 대학교수는 전무하다시피 했다. 대신 의류를 챙길 수 있는 재단사나 음식을 실컷 먹을 수 있는 요리사를 시키고 싶어서 이리저리 연줄을 대느라 바쁜 형편이었으니까. 그 비틀어진 별명의 내면이 얼마나 곪아 있든 정작 남기정은 전혀 개의치 않았다. 남기정은 지천명을 코앞에 두고 있었다. 자존심밖에는 가진 게 없던 한 나라가 망하고 그 나라 최고 대학교의 교수가 살인도 서슴지 않는 폭력 조직의 집사가 된 마당에 웃어넘기지 못할 능욕이란 사치에 불과하다는 것쯤은 깨달아야 마땅한 나이였다. 더구나 자신보다 더 큰 고통을 겪는 사람들 앞에서는 더욱 그러할 터.

작년 가을에는 북한의 아나운서였던 한 할머니가 잠실야구장의 청소부로 일하던 중 경기가 없는 월요일 오후 선수 탈의실에서 목을 매 자살한 사건이 있었다. 내가 이래야만 하는 이유를 너희들이 모를 리 없다는 듯 유서 한 장 없었다. 이북 사람들은 그야말로 공황 상태에 빠져 버렸다. 이남 사람들은 조선민주주의인민공화국의 아나운서라는 존재를 남한의 그것과 동일한 비중으로 여긴 탓에 이북 사람들이 그렇게까지 절망에 가까운 반응을 보이는 것을 도무지 이해할 수가 없었다. 그러나 만약에 대중음악가 서태지가 하루아침에 몰락한 자신의 처지를 비관해 지방 변두리 나이트클럽 화장실에서 목을 맨 시신으로 발견되었다면 이남 사람들의 심정은 과연 어땠을까?

마치 웅변하듯 소식을 전하는 조선중앙텔레비전의 아나운서들은 남한에서야 한낱 코미디의 소재일 뿐이었겠으나 북한 사회에서는 귀빈 중의 귀빈 대접을 받는 극소수의 초상류층이었다. 북조선에서 이들은 방송원이라 불렸다. 한국의 텔레비전 뉴스는 아나운서가 헤드라인을 소개하고 난 후 기자의 보도가 이어지는데 비해 북한에서는 방송원이 대부분 혼자서 뉴스 전체를 진행했다. 방송원은 최고의 인기 직업으로서, 되기가 낙타 바늘구멍 통과하는 것보다 어려웠다. 영예로운 인민 방송원에 등극하면 당 중앙위원회 간부들의 아파트가 몰려 있는 평양의 압구정동, 창광거리에 집이 마련되고 이탈리아제 가구와 도요타, 캐딜락 등이 제공됐다. 이상벽이나 전금선 같은 인민 방송원들은 1945년부터 방송을 시작했다. 특히 이상벽은 한국전쟁 때 서울에 내려와 1950년 9월 28일, 사방에 떨어지는 포탄들 사이를 뚫고 철수하면서도 끝까지 마이크를 내려놓지 않았던 인물이다.

방송원은 우선 출신 성분과 사상성에서 만점을 얻어야 하며 발음의 정확성과 교양, 외모와 언변이 탁월해야 하는데 이런 엄격한 기준들을 통과해 선발된 뒤에도 메인을 맡기 위해선 김정일 국방위원장의 비준을 직접 받아야만 했다. 창광원 미장원에서 최우선으로 머리를 다듬을 수 있는 특권이 주어지며 창광원 내 사우나와 식당도 맘대로 이용할 수가 있었다. 평양 피복 연구소에서 생산된 다양한 의상들을 가장 먼저 입어 보는 것도 이들이었고, 그것은 곧바로 유행이 되곤 했다. 하지만 호사를 누리는 만큼 아슬아슬한 측면도 많아서 김일성 주석님 서거를 김정일 주석님 서거로 잘못 읽은 방송원은 그 이후 영영 모습을 감추었다. 또 김 주석 사망 방송 당시 눈물을 흘리지 않아 좌천된 방송원도 있었다. 북한의 아나운서들은 인민의 얼굴이자 조국의 얼굴이기에 항시 말과 행동을 조심하지 않으면 아니 되었다. 1990년대 이른바 고난의 행군 시기에도 김정일 국방위원장은 방송원들에게만은 모든 편의를 보장하라고 특별 지시를 내렸다. 그러한 조선민주주의인민공화국의 한 여성 원로 인민 방송원 동지께서 코리안시리즈를 앞둔 고요한 잠실야구장 외진 구석 침침한 허공에서 스스로 목숨을 끊었던 것이다.

"알았어. 놔. 안 때려. 안 때린다구. 평관이. 너는 말버릇만이 현재의 문제가 아니야. 정신이 썩었어, 정신이. 개조하라."

"네."

조명도가 남기정을 밀치고는 출입문 위에 붙은 부적을 다시금 쳐다보았다.

"썅, 남 교수. 뭐가 불길하다는데?"

"모르지. 입 다문 무당 속을 귀신인들 알겠나."

남기정은 부드럽고 노련했다. 비록 광복빌딩의 관리인 노릇을 하는 그이지만 조직원들 사이에서 덕망이 높았으며 전직 김일성종합대학교 교수님 예우 차원인지, 오남철이 달아 준 명목상의 직책이 고문이기도 했다. 리강은 이러한 남기정을 깍듯이 남 고문님이라고 존대했고, 서열이 자기보다 아래면 하염없이 무시하고 보는 조명도조차 그를 끝까지 함부로 대하기에는 어색한 부분이 없지 않았다.

조명도가 웃옷 안쪽에서 터무니없이 큰 칼을 태연하게 꺼내 들며 양평관에게 말했다.

"다리를 잘라야 엄살이 없겠어?"

"아닙니다."

다리를 잘리고 싶지 않은 양평관이 벌떡 일어났다.

"뒷방에서 애실거리지 마라. 쥐새끼같이 쏠라닥거리면 죽여 버리는 수가 있어. 접수했어?"

"접수했습니다."

양평관은 과거 북한에서 의사였다. 그가 통일 후 이남에 내려와 놀랐던 것은 개인 병원들, 특히 성형외과와 치과가 엄청나게 많다는 사실이었다. 그는 또 한강변 둥근 지붕의 건축물이 국회의사당이라고 하기에 의사들이 왜 저런 데 모여 있는지가 심히 궁금했다. 고깃집 차림표 안의 갈매기살 때문에 남조선 인민들은 갈매기를 다 잡아먹냐며 안쓰러워했고 횟집에서 곱게 생긴 한 아가씨가 개불, 개의 거시기를 큰 소리로 주문하는 것에 아연실색했으며 신문에서 큰손이 구속됐다는 기사를 읽고는 손이 크다는 이유로 잡아간다니 그건 참 너무하다는 생각도 했다.

한방인 고려 의학을 양방에 겸하고 있는 북한의 의료 체계는 나라가 허물어짐에 따라 처참히 낙후되어 갔다. 마취 약품이 없어 생으로 절개수술을 해야 하는 경우도 다반사였다. 여름이면 산에 올라가서 약초를 캐야 하고 오는 환자들은 다 받아 줘야 되기 때문에 북한에서 의사는 절대 좋은 직업이 아니었다.

조명도는 터무니없이 큰 칼을 웃옷 안쪽에 태연히 집어넣었다.

"남 교수. 인물 심사가 언제지?"

"내일이지, 내일. 근데 리 부장이 없는데 우리끼리 뽑아도 될까?"

"어째?"

"아니, 뭐…….."

"거, 철학을 하시는 동무가 사소한 현상들에 대해서는 신경을 좀 끄세요."

"하하, 접수하지. 조 부장님이 그러시다면 그런 거지."

"……소 잡았어? 엉? 밀걸레 안 가져와?"

조명도가 바닥에 얕게 괸 핏물을 지적했다.

"닦겠습니다."

양평관이 구둣발에 차였던 다리를 억지로 안 절면서, 철문이 빼꼼히 열린 화장실 비슷한 곳으로 들어갔다.

"으이그. ……남 교수, 나 가요. 내일 봅니다."

"저건 어떻게 할까, 조 부장."

"뭐?"

"저거."

조명도가 빠져나갈 출입구를 지키고 있는 부적. 해괴한 앞날을 막아 보겠다고 소년 무당이 산초 기름 먹인 노란 종이에 붉은 돌가루로 그려 넣은 영적인 무늬들. 조명도는 장군도령을 못마땅해할 수는 있을지언정 감히 대적할 수는 없는 처지였다. 남 교수는 조명도에게 야지를 놓은 셈이었다. 부드럽고, 노련하고, 덕망 있게, 철학하시는 동무답게.

"에이, 썅."

조명도가 부적 밑을 지나 문이 없는 출입구에 맺혀 있는 어둠 속으로 사라져 버렸다.

그사이 양평관이 대걸레로 바닥의 핏물을 닦아 내고 있었다.

"많이 아팠지?"

"일없습니다. 상대를 말아야지요."

"네 말이 옳다. 네 말이 옳아."

"저 못된 인간이 쑤얼쑤얼 무슨 꿍꿍이를 꾸미는지 모르겠소."

"왜 일찍 안 치워서 욕을 덤으로 먹어?"

"어젯밤에 물중태가 된 걸 그냥 놔두고 간 것 같은데, 내 사업이 아니라 건들기가 그래서."

"이젠 우리도 사회주의적 수동성을 버려야 한다고 봐. 시키는 것만 그때그때 하는 건 문제가 있지."

대형 화덕 옆 누런 타일로 뒤덮인 그곳은 화장실이 아니라 고문실이었다. 아까보다 조금 더 열린 철문 안으로, 쇠 의자에 앉은 채 결박된 한 남자가 보였다. 목이 뒤로 꺾인 머리. 핏물은 호스로 뿌려 댄 수돗물에 뒤섞여 바닥으로 깔린 거였다.

"뭐, 이따가 애들 들어오면 함께 치워야지요."

"그래. 그렇게 해. 그게 옳다."

5

리강이 평양에서 돌아온 지 2일째.

서일화는 숙취에 시달렸다. 거실의 벽시계는 오후 2시를 가리키고 있었다. 서일화는 나이트가운을 걸친 채 고층 아파트 베란다의 창문을 활짝 열었다. 도시의 소음들이 햇살의 맨살과 함께 서일화의 온몸 가득 쏟아져 들어왔다. 서일화는 실눈을 뜨고 한강을 내려다보았다. 서울이었다. 5년 전까지 평양에서 보통의 인민들은 접근이 불가능한 정보들을 통해 혼자서 비밀을 지키듯 상상하던 풍요로운 낙원 그 서울이 아니라, 아귀 같은 인파 속에서 헛되게 청춘을 소비하면서 느끼는 화려한 지옥, 진짜 서울이었다. 서일화는 은좌에서 제일 잘나가는 아가씨다. 그녀의 단골 중에는, 이북 출신은 단 한 명도 없는 통일 정부의 국방 장관도 있었다. 거들먹거리는 밤의 늑수그레한 남자들은 엄마한테 버림받은 애들 같았다. 서일화는 생각했다. 세상에, 저런 자들이 국가를 운영하다니.

서일화의 아버지는 최고인민회의 대의원이었다. 그녀는 새삼 조선민주주의인민공화국의 선거를 회상하였다. 그것은 선거가 아니라 김정일 국방위원장에게 충성을 맹세하는 축제였다. 지역구마다 유일한 후보자가 출마하여 선거운동을 벌인다. 선거에는 절대 불참할 수가 없다. 선거장에서 투표용지를 받으면 김 주석 부자의 사진 앞에서 인사를 한 뒤 투표용지를 그냥 놔두고 나오는 것으로 찬성의 뜻을 표한다. 반대를 하고 싶으면 도장을 찍어야 하는데 목숨을 걸고 그 짓을 하는 바보는 있을 수 없었다. 이것이 스물네 살까지 서일화가 살던 세상이었다. 김 주석은 9선 의원이었다.

자기들의 황량한 내면을 미소로 달래 주고 진심으로 애무해 주길 갈구하는 통일 조국의 상류층 아저씨와 영감님 들보다도, 북조선에서 서일화는 더 고귀한 상류층이었다. 이남에 와 보니 죽고 나면 천국과 지옥이 있다고 발광들인데 하물며 이승의 어디인들 평등할 리가 없었다. 천국과 지옥 사이의 거리는, 죽음 뒤에는 아무것도 없다고 가르치던 북조선이 남조선보다 한층 먼 편이었다. 서일화는 자기가 북조선의 천국에서 생활했다는 것을 인정하지 않을 수 없었다.

서일화는 비싼 술판과 황홀한 매춘 앞에 나라 걱정을 늘어놓으며 이북 출신 여성들을 능멸하는 이남의 고관대작과 기업가, 정치가와 법조인, 의사와 교수, 언론인과 장성, 공무원처럼 보이는 예술가와 100년 장수쯤은 거뜬해 보이는 종교 재벌 등등이 하나같이 가소로웠다. 북조선이건 남조선이건 조선의 사내들은 온통 시시했고 교활했으며 조잡했다. 그러한 위인들이 지배하던 하나의 나라는 이미 망했고 나머지 하나 또한 망해 가고 있다는 것이 서일화에게 는 지극히 자연스럽게 느껴졌다.

서일화는 현실을 냉정하게 받아들였다. 만일 북조선이 엄존하고 그곳에서 자신이 계속해 특권을 누리며 살았다 해도 죄의 양상만 다를 뿐 그 총량은 마찬가지였을 거라고 결론 내렸다. 그것은 적응이 아니라 재능이었다. 북조선에서의 훌륭한 출신 성분과 계급은 그녀가 정한 것이 아니었으며 통일 대한민국에서 각광받는 그녀의 육체 또한 그녀가 정한 것이 아니었다. 어디에서든 오직 죄만이 그녀의 몫이니 죄책감 따위는 소유하지 않는 편이 홀가분했다.

서일화는 은좌 마담 홍혜숙을 만나 비로소 서울의 여자가 되었다. 홍혜숙은 오남철이 고용한 은좌의 CEO였다. 서른일곱 살의 이남 여자로, 아직도 여배우처럼 미모가 창창했다. 학벌도 우수하고 한때는 사업도 크게 했다는데 구체적으로 확인할 방법은 없지만 척 봐도 그럴 만하다는 것은 인정하지 않을 수 없었다. 홍혜숙은 리강을 좋아하는 눈치였다.

오남철 같은 괴물과 한 배를 탄 홍혜숙도 그러하지만 리강은 서일화의 사뭇 진지한 연구 대상이었다. 서일화는 자기와 리강이 비슷한 처지라고 생각했다. 조선노동당 최고위층의 고운 딸은 창녀가 되었고 조선인민군의 자랑스러운 최정예 전사는 깡패가 되었다. 그러나 분명한 차이는 리강은 괴로워하고 있고 서일화는 괴로워하는 것이 어리석다고 믿는다는 점이었다. 서일화는 다른 이들은 알아차리기 힘들 리강의 고통이 자꾸 눈에 띄어 거슬렸다.

은좌의 아가씨들이 전부 이북 출신은 아니었다. 5분의 1 정도는 이남 아가씨들이 섞여 있었다. 그녀들 말고 광복빌딩 자체에 근무하는 이남 사람이라곤 홍혜숙밖에 없었다. 이남 사내들에게 과연 어떠한 성적 자극을 불러일으키는지는 몰라도 은좌에서 이북 아가씨들은 이남 아가씨들보다 지명도가 월등히 높았다. 이북 남자들은 은좌의 손님이 될 수 없었다. 철저한 회원제로 물관리를 위해 받지도 않았지만, 은좌에서 놀 만큼 돈과 지위가 있는 이북 남자란 외계인보다 희귀했으니까.

홍혜숙은 이북 아가씨들을 미인 대회 뺨치는 기준으로 뽑아낸 후 최고의 매너와 스타일을 교육해 그녀들의 청정한 이미지에 이남 요부들의 관능을 교배했다. 은좌와 같은 초특급 룸살롱은 차치하고, 이남 전역의 유흥가에는 '북한 여성 항시 대기'라는 문구가 적힌 플래카드가 여기저기 널려 있었다. 이북 여자들 없인 물장사 못해 먹는다는 것은 이미 정설이었다.

서일화는 미술 학도였다. 북조선에서 추상은 죽음이었다. 그곳에는 추상화가 존재하지 않았다. 민족적 형식 안에서 사회주의적 내용을 담은 혁명적 예술로 발전시키자, 라는 김 주석의 교시가 유일무이한 미학이었다.

서일화는 국가 미술 전람회와 태양절 송화미술원 전람회에 걸렸던 자신의 사실적인 그림들을 떠올렸다. 기념비성을 강조해 지나치게 커다랗다는 감상을 지울 수 없었던 자신의 조각들을 떠올렸다. 북조선에서의 지위를 유지하는 수단이 되리란 기대가 없었다면, 잡스러운 것들을 섞지 않고 재료 그대로의 맛을 살리면서도 주변과 조화를 잘 이루라는 골치 아픈 주문을 따르며 공훈 예술가의 꿈

따위는 꾸지 않았을 그녀였다. 서일화의 소견으로 북조선과 남조선의 강력한 공통점은 고위층의 속물근성이었다. 서일화는 북조선에서는 그런 식이었으니 남조선에서는 이런 식으로 속물이 될 것을 다짐했다. 조국이니 민족이니 하는 것들이 애초부터 서일화는 웃겼다. 그것을 통일 대한민국이 넉넉히 증명해 주고 있었다.

서일화에게는 남조선이 사실이고 북조선이 추상이었다. 옳았다. 추상은 죽음이었다. 그래서 북조선은 죽었다. 이 천박하고 잔인하게 뭉개진 자본주의의 만상이 서일화에겐 참으로 리얼한 세계였다. 서일화는 만족하는 것이 아니라 수긍하였다.

서일화가 림병모를 기둥서방으로 삼았을 때, 홍혜숙은 물론 은좌의 아가씨들과 대동강들 모두가 몹시 의아해하였다. 그녀는 왜 그를 선택했던 것일까? 설마 사랑은 아니었을 테고 그건 무슨 불장난에 가까운 속죄 심리였을까? 인생은 어쩌면 애써 궁리하는 것보다 턱없이 단순한 것인지도 모른다. 여자와 남자가 그랬다면 그냥 그런 것인지도 모른다. 림병모는 죽었다. 서일화는 그의 죽음 주변이 석연치 않았고 자신의 대단하진 않지만 예리한 슬픔이 어색했다.

서일화는 거실에서 나이트가운을 허물처럼 벗었다. 알몸이 된 그녀는 문득 뒤돌아서 넓은 창밖을 다시 바라보았다. 서울이었다. 육체가 노동이 아니라 욕망의 대상이 되고 그것이 더 큰 욕망으로 환전되는 진짜 서울이었다.

서일화는 욕조에 차오른 따뜻한 물속으로 들어갔다.

6

리강이 평양에서 돌아온 지 2일째.

가로등 불빛이 비추는 작은 활자들은 오래된 가구 같았다. 이선우는 노점상들이 밀집한 H 지역의 외진 보도블록에 쭈그려 앉아 문고판 책을 읽고 있었다. 1970년 서울생, 나이가 마흔일곱이었지만 그는 하나뿐인 형을 여읜 서른아홉 살 무렵 저 어디쯤에서 세상의 시간이 덜컥, 멈춰 버린 듯했다. 돌이켜 보건대 서른아홉 살 때 이선우는 또한 스스로를 20대 철부지로 폄훼했으니 그의 시간은 아직 1990년대에 머물러 있을 수도 있었다. 간혹 어떤 인간들은 결정적인 한 시절로 그 이후의 삶 전부를 견뎌 낸다. 그는 21세기가 싫었다.

이선우는 통일 전에도 통일 이후에도 몸과 마음이 고달팠다. 괴짜가 된다고 해서 쓰레기통 속의 일상이 빵과 장미로 가공되는 것은 아니다. 감각은 시들어 버렸고 맹랑한 감정만이 그의 고장 난 시계 같은 내면을 에워싸고 있었다. 이선우는 죽은 형으로부터 생각하는 법을 배워 버린 터였다. 정녕 그러지 말았어야 했다. 겉은 대충 살아도 속은 대충 살아지지가 않아 환장할 노릇이었지만 그러한 이선우의 분열이 의외로 사람들은 재미가 있는 모양이었다. 그는 오해를 받을지언정 미움을 사지는 않는 인물이었다. 어쩌면 미워할 가치가 없었는지도 모른다.

멀쩡하게 생겨 먹은 어느 남자가 있었다. 그가 아무리 심각한 표정을 지어도 사람들은 그가 즐거운 줄 알고 즐거워했다. 그가 아무리 슬퍼하거나 아파해도 사람들은 그의 과격한 진담을 탁월한 농담으로 받아들여 웃느라 제정신들이 아니었다. 급기야 그는 너무 짜증이 나서 확 자살해 버렸다. 가령 이런 황당한 사례가 있다고 치자. 이선우는 자기가 바로 그 불쌍한 남자일 거라고 종종 망상했다. 물론 자살할 용기는 없었다.

그가 20세기인들 사랑했겠는가. 이선우는 일찍이 산속으로 들어가 스님이 되지 못한 것을 진심으로 후회하고 있었다. 그의 형은 그에게 생각을 끊는 법까지 가르쳐 주고 죽었어야 옳았다. 가로등 불빛이 비추는 작은 활자들은 오래된 가구 같았고 그는 이 밤 어째 좀 외로웠다.

"깜짝이야!"

화들짝 엉덩방아를 찧은 이선우 앞에 언제부터 그랬는지 리강이 서 있었다.

"으이 씨, 귀신이야? 숨소리도 못 내? 엉?"

"……."

"간만의 행차시네?"

"……"

통일 뒤 뭔가를 부수고 세운다면 거의 다 이북에서였고 그마저 제대로 추진되지 못하는 형편인지라 서울은 외관상 이렇다 할 변화가 없었다. 대신 어디를 가든 상처 입은 것이 도사리고 있다는 느낌을 주었는데 공기의 입자조차 고딕적이어서 숨 쉬기가 불편했다. 도시의 정서가 변질된 것이다. 통일 대한민국은 현상 유지는커녕 도산하지나 않으려 안간힘을 쓰고 있었다. 사람들이 심중에서 진짜로 겁내고 있는 바는 이 애처로운 발버둥조차 완전히 정지해 버리는 시점 그 이후였다. 그때부터는 과연 얼마나 극악무도한 일들이 일어날까? 모두들 아직은 비극의 서막도 채 끝나지 않았다는 데에 동의하며 기다려선 안 되는 것들을 어쩔 수 없이 기다리고 있었다.

이선우가 좌판 장사를 하고 있는 H 지역은 그래도 치안이 양호한 편이었다. 밤늦게 평범한 사람들이 나돌아 다닐 수 있는 몇 안 되는 동네에 속했다. 아주 없는 것은 아니지만 이북 출신 노점상들은 대부분 훨씬 더 낙후된 지역으로 갔다. 전국적으로 할렘이 60여 개나 생겨났다.

"뭐야, 그 미소는? 재밌어?"

"……"

단골손님 리강은 뭐라도 한 개 고를 것처럼 좌판 위에 시선을 던졌다. 그러나 리강이 원하는 물건이 거기 있을 리 없다는 것을 리강도 이선우도 잘 알고 있었다.

"왜? 요즘도 잠이 안 와? 내 과학적 판단으로는 말이야, 당신이 사는 게 편해서 그래."

"……."

"과묵한 것들 지겨워. 막상 파헤쳐 보면 별게 없거든."

이선우는 리강과 같이 수상한(?) 고객들에게만 일명 레드아이 (Red Eye)라는 신종 환각제를 은밀히 팔았다. 거적 위에 널린 잡스러운 물건들이 아니라 사실은 그것이 그의 주된 밥줄이었다.

레드아이는 긴장이 풀어진 상태에서 환상을 보다가 잠이 들게 하는 효능이 있어서 제2의 대마초쯤으로 통했다. 중독성이 적고 인체에 특별한 해가 없다는 식의 길거리 임상 결과들과는 정반대의 살벌한 경고들을 보건 당국은 내놓고 있었으나 비아그라가 심장에 안 좋다고 해서 오입쟁이들이 소심해진다면 그건 지나친 파쇼적 발상이자 이미 사바세계가 아닌 거였다. 진위 파악이 불가능한 일설에 의하면 이북 출신의 어느 젊은 천재 약학자가 통일 이후 서울에 혈혈단신으로 내려와 청와대가 내려다보이는 효자동의 한 다락방에서 발명했다는데 이제는 국가명 색인에서 삭제된 조선민주주의인민공화국과 그 피바다 정신을 기리는 붉은 눈, 아직 끝나지 않은 조국의 해방 투쟁을 기약하는 혁명의 붉은 눈, 그리하여 레드아이가 되었다는 것이다. 알약이어서 운반과 복용이 간편한 레드아이는 명칭만 레드아이지 까끌까끌한 회색이고 꽉 쥐면 바로 부서졌다. 붕어빵에는 붕어가 없다. 레드아이는 빨간색이 아닌 것이다. 이북이 고향인 천재 청년 약학자가 연구 개발 막판에 식용 염료 살 돈이 없었는지 모르겠지만 이선우는 그래서 레드아이가 한층 시적이라며 한껏 낭만에 젖곤 하였다.

경찰은 레드아이 따위를 단속할 만한 여력이 없었다. 통일 이전

남한에서도 마약 유통이 가파른 증가 추세였는 데다가 통일 이후 수십 종의 지독하기 이를 데 없는 마약들이 그 대열에 합류하여 삽시간에 퍼졌기 때문이다. 그것들 중 가장 악명을 날리고 있는 것이 이른바 백도라지라는 은어로 불리는 합성 마약이었다. 주로 행정력이 미치지 않는 이북 산악 지대에서 대량생산되어 전 세계로 흘러들어 갔다. 이를 근절시키기 위해서는 콜롬비아마냥 특수부대를 동원해 작전을 벌여야 할 판이었다. 통일 정부의 999가지 실수들 가운데 최고의 흥행작은 의무 복무 기간이 10년에서 13년가량인 과거 북한의 120만 대군에 대한 서투른 처리였다. 꺼림칙하다고 서둘러 일방적인 해체 과정을 간신히 치르고 나니 엄청난 양의 재래식 무기들이 부엌 식기 분실되듯 사라졌고 120만 명의 장정들은 당장 새로운 일자리를 구해야 했다. 그들 중 상당수는 이남으로 내려와 호환 마마보다 무서운 도시 하층민이 되거나 군사 경험이 풍부한 조직폭력배가 되었다. 공권력? 수입할 수만 있다면 얼른 수입해야 했다.

"또 나만 술 잔뜩 먹이려고 그러지?"

"……."

이선우는 리강이 완벽한 서울말을 구사하는 탓에 그를 이남 사람으로 착각하고 있었다. 이선우는 그의 이름과 직업조차 몰랐다. 이선우에게 리강은 불면증에 시달려 레드아이를 꿀꺽 삼키는 과묵한 당신일 뿐이었다.

통일 전 이선우는 무명 연극배우였다. 생활을 위해 이것저것 안 해 본 짓이 없었지만 1년에 서너 차례 이상은 꼭 무대에 오르는 연극배우가 그의 분명한 정체성이었다. 그러나 형이 허무하게 죽고 나서 이선우는 연극을 미련 없이 그만뒀다. 실의에 빠져서 3년 정도 폐인처럼 지내는 와중에 느닷없이 우리의 소원, 꿈에도 관심 없던 통일이라는 게 찾아왔다. 지난 5년간 이남 사람들 가운데서 무시할 수 없는 숫자가 예전엔 스스로 상상조차 못 했던 일에 몸담게 되었다. 이선우도 그 부류 중 하나였다. 이선우는 죄책감이 없었다. 세상은 이미 죄책감 나부랭이를 공유하기에는 선을 넘은 지 오래였다. 또 그런 게 있다면 형이 죽을 때 전부 가져가 저승에 내버렸다고 이선우는 믿어 의심치 않았다. 다만 이선우는 한낮 인파 속을 걸으며 과연 이들 중에 몇 명이 마약중독자일까, 몇 명의 호주머니나 가방 속에 레드아이가 숨어 있을까를 생각하노라면 금세 등골이 오싹해지고 하루빨리 이 나라를 떠나고 싶은 마음밖에 들지 않았다. 죽은 형이 예수도 아닌데 그가 예언했던 것들이 해가 갈수록 정말 차근차근 다 이루어지고 있었다.

이선우는 리강을 처음 보았을 때부터 그의 어떤 부분이 타인 같지 않았다. 자기의 몹쓸 주정을 온전히 지켜보던 그의 쓸쓸한 인상이 야릇하게 자꾸 신경 쓰였다. 이 밤 이선우는 리강에 대해 뭔가 알 것 같았다. 이선우는 리강을 보면서 속으로 말했다. 너는 나와 똑같구나. 죽고 싶은 거구나. 죽을 수만 있다면 어서 죽어 버리고 싶은 거구나, 라고.

"잠이 안 오면 여자를 만나. 그게 최고야. 여자랑 있으면 잠을 자도 좋고 안 자도 좋고. 안 그래?"

"……."

"지금 내 고견을 무시하는 거야, 엉?"

"……."

"……네에. 찬찬히 보세요. 찬찬히."

리강이 제 왼편을 보았다. 방금 전까지는 없었던 한 여자가 좌판을 내려다보고 있었다. 여자는 캐주얼한 차림새에 긴 생머리를 파란 머리 끈으로 질끈 묶고 있었다. 여자가 옆이 따가웠는지 리강을 마주 보았다. 이선우가 두 사람 사이를 오가는 정적에 끼어들었다.

"아가씨 고향이 고구려 쪽 아니시지?"

"……."

"모란봉 아가씨야?"

"내가 그렇게 보여요?"

"아니지?"

"모란봉 아가씨면 내가 이런 걸 구경하고 있겠어요?"

이선우의 얼굴에 화색이 번졌다.

"모란봉 아가씨처럼 예쁘단 뜻이었지, 내 말씀은. 자고로 남남북녀 아냐, 남남북녀. 이거, 이거 김일성훈장이야."

"에? 진짜?"

"그럼. 김일성훈장 맞아."

"가짜 아닌가?"

"가짜? 그 말은 나를 너무 아프게 한다. 내가 뭘로 봐서 가짜 팔 사람으로 보여?"

"진짜 김일성훈장이라면, 좀 심하잖아."

"우리 순수한 영혼들끼리 이러지 말기로 해요. 여기 철조망, 바리케이드, 지뢰 경고판, 뭐 이런 거, 다른 데서 파는 것들은 다 가짜야. 사악한 영혼들이 공사판 아무 데서나 주워 와 위조해 놓고는 휴전선에서 건졌다고 공갈치는 거지. 통일된 지 5년이 지났어. 비무장지대 돌조각 하난들 어디 제대로 남아 있겠냐고. 내 거는 이봐. 이렇게 정부에서 진품임을 증명하는 도장이 찍혀 있잖아요. 통일 대한민국 공식 기념품이라구. 민족 분단 63년의 한 맺힌 역사를 모독해서는 안 된다는 거지, 우리 순수한 영혼들끼리는."

"아저씨 남한 사람이죠? 아저씨도 속을 수 있는 거지. 이 훈장 북한 사람한테 샀을 거 아녜요?"

"아저어씨이? 야아, 미친다. 누가 아저씨야? 내가? 나 총각이야. 내가 그런 오해를 살 만한 외모는 절대 아닌데?"

이선우가 리강에게 손가락질을 하며 말을 이었다.

"아저씨는 저런 수컷들이 아저씨야. 나 같은 남성은 오빠고. 나는 벌써 눈이 딱 마주치는 순간 머리가 싸악 맑아져 버리잖아. 아가씨도 이미 느낀 거잖아?"

"……."

"성격이 소극적이구만. 좋아. 좋은 거야. 여자는 좀 그래야 매력적이지. 그러나 매력은 여기서 잠깐 휴식. 들고 계신 그거, 그거 정말 김일성훈장이야. 그게 가짜면 내 콩팥이 가짜야. 내가 북한군 특수부대 장교 출신한테서 지난주에 산 거요."

리강의 눈빛이 서늘해졌다. 리강이 여자에게서 김일성훈장을 조용히 건네받았다. 그러며 리강과 여자의 손가락이 살짝 스쳤다. 리강은 김일성훈장을 매만졌다. 이선우가 기분이 상한 표정으로 리강의 손에서 김일성훈장을 낚아챘다.

"사지도 않을 거면서 왜 비비고 난리야? 사물한테 그러는 것도 성추행이야, 성추행. 아저씨."

이선우는 다시 여자에게만 집중했다.

"세상이 아무리 불신으로 가득 차 있다고는 하지만 이런 뼈아픈 물건을 가지고 사기를 치면 당장 지옥 가서 화장실 청소하게 되는 거지. 귀인 놓치고 보물을 잃어버리려면 별의별 의심이 다 드는 법이에요. 내 뒤통수로 후광 같은 거 안 보여? 나도 진실이 통할 거 같으니까 얘기하는 거고. 소장 가치가 글쎄, 한 20년 후쯤엔 모르긴 해도 박물관에 가 있을걸? 생각해 봐요. 북한에서 김일성훈장 가슴에 달았던 사람이 많아야 몇이나 되겠는가."

"주인 마음이 참, 그랬겠다."

"어쩌겠어. 돈이 없는데. 소련이 망했을 적에도 시장 바닥에 훈장이 나돌고 그랬답디다. 북한군 장교였던 사람들 지금 비참해요. 가난이야 죄가 아니라 치고 가오가 무너져서 죽겠는 거지. ……뭐 김일성이 지긋지긋해 팔아 버렸을 수도 있고."

"……얼마죠?"

둘은 가격을 흥정하기 시작했다. 이선우는 처음부터 상당히 높은 값을 제시했다.

리강은 쓸쓸해졌다. 그리고 이 밤 이런 데서 저런 걸 사려는 여자가 좀 이상했다. 하긴 통일 이후 이남에서는 종종 북한풍이 장난처럼 유행했다. 심지어는 김일성화(花)와 김정일화가 편의점에서 판매돼 인기를 끌어 세간의 비아냥을 사기도 했다. 이남 사람들에게는 패망한 전체주의 국가의 파편들이 공룡 발자국만큼이나 신기한 것 같았다.

"비싸? 아가씨의 순수한 영혼을 감안하더라도 이건 적잖은 충격인데? 아가씨 같으면 대한민국 무공훈장 내다 팔겠어? 이게 북한에선 그런 거였다구. 아니지. 비교가 안 되지. 북한에서 김 주석은 신이었으니까. 그러니까 신이 내려 주신 훈장인 거야. 하나님의 훈장을 받으면 교회 다니는 사람 입장에서 얼마나 영광이겠어? 예수님 표 훈장이 목사한텐 뭐겠냐고? 우리 국민은 역사를 소중히 생각지 않아 참 큰일이야. 경을 칠 소린지 모르겠지만, 내가 지식인의 한 사람으로서 꼬집는 건데, 북한에 있던 김일성 동상들도 철거하지 말았어야 했어. 관광 유적이잖아? 파라오가 신처럼 굴었다고 이집트에서 피라미드를 폭파하진 않잖아? 기독교 신자들이 우상이라 그냥 놔두면 나라 망한다고 생난리를 쳐서 그렇게 된 거 아냐? 우리 지식인들끼리 얘기니까 어디 가서 말하진 말고."

통일 이후에도 반공법은 엄존했고 어떤 측면에서는 훨씬 강화되었다.

"……"

"이건 말이야, 이건, 어, 레닌의 어금니. 그래. 레닌의 어금니 같은 거야. 아가씨 몇 살이야? 레닌은 아나? 소련은 알아? 지구는 알지? 우리가 이 슬픈 대화를 나누고 있는 여기가 지구야, 지구. 우주의 푸른 별 지구."

이선우는 아무리 구라를 풀어 젖혀도 여자가 잘 넘어오지 않자 조바심이 나는 마당에 옆에서 멍하게 그걸 다 지켜보고 있는 리강이 미웠다.

"아저씨 왜 그래? 왜 그러고 있어? 가. 보기 싫어. 가. 당신한텐 아무것도 안 팔아. 가."

리강은 이선우의 구박에 풋, 웃으며 슬쩍 아스팔트 도로를 가로질러 갔다.

만약 레드아이 같은 약물에 손대는 사실이 조직 내부에 알려진다면 리강은 간부로서 타격이 클 것이다. 보스는 오남철이었지만 야전에서 대동강을 직접 지휘하는 것은 리강의 몫이었다. 리강에 대한 단원들의 신뢰는 가히 절대적이었다. 형식상 조명도와 리강은 서열이 같았지만 정말 그렇게 믿고 있는 자는 조명도를 포함해서 단 한 명도 없었으며 정말 그렇게 믿고 싶어 하는 자는 조명도를 포함해서 단 한 명뿐이었다. 조명도는 리강을 고독하게 주시하고 있었다.

그 밤 리강은 레드아이가 필요해서 이선우를 찾아간 것이 아니었다. 림병모의 피살이 그를 혼란스럽고 우울하게 한 탓이었을까. 리강은 막연히 누군가를 만나고 싶었다. 낮에 고 반장을 광포하게 추궁한 것도 그다지 유쾌하진 않았으리라. 여하튼 리강에게 자신의 이름과 직업조차도 모르고 있는 저 약장수 외에는 이 통일 조국에서 그나마 편한 사람이 없었다. 리강은 이선우를 처음 보았을 때부터 그의 어떤 부분이 타인 같지 않았다. 세상에 대한 갖은 한탄과 억하심정을 늘어놓다가 폭주를 이기지 못해 탁자로 코를 처박던 그를 리강은 이제야 좀 알 것 같았다. 당신도 혼자구나. 당신도 나처럼 이미 죽었는데도 살아가고 있는 거구나.

리강은 텅 빈 횡단보도를 건너자마자 뒤돌아섰다. 결국 여자는
이선우에게서 포장지 대용의 누런 서류 봉투를 건네받고 있었다.
리강은 그 속에 레닌의 어금니 말고도 레드아이가 들어 있다는 사
실을 몰랐다.

그때 리강의 등 뒤 가까운 곳에서 두 사내가 수군댔다.

"저기서 뭘 사는 거야? 과자야?"

"혼자서 무지하게 돌아다니는구만. 그만 잡지?"

"더 기다려."

7

아, 미쳤다. 대체 무슨 짓을 저지른 것인가. 리강은 입술을 깨물었다. 그는 자신의 행동을 도저히 납득할 수 없었다. 리강과 같은 킬러들은 목숨에 관한 원칙을 가지고 있기 마련이다. 왜 목숨에 관한 원칙이냐 하면, 그것을 지키지 않을 경우 제 목숨이 위태로워질 공산이 크기 때문이다. 타인의 원칙을 뒤흔들고 부수어 목숨을 빼앗는 자들은 스스로의 원칙에 철저해야만 했다. 리강의 목숨에 관한 원칙은 임무가 아니면 남의 일에 절대로 끼어들지 않는다는 것이었다. 그 밤 리강은 그것을 홀린 듯 어겼다. 리강은 목숨을 잃을 뻔했다. 대신 이상한 시대에 이상한 여자 하나의 목숨은 구한 건지도 몰랐다. 그들은 그녀를 죽일 작정이었을까? "그만 잡지?"라고 했으니 원래는 납치가 목적인데 난데없이 나타난 리강이 방해를 하는 바람에 치명적으로 돌변한 것일 수도 있었다. 사방이 캄캄했다. 그들이 그녀의 차가 주차되어 있는 골목의 가로등들을 미리 깨뜨려

놓은 것일 게다. 칼이 리강의 왼편 옆구리를 스치고 지나갔다. 리강이 조금만 둔했더라면 칼은 그의 폐를 밑에서 위로 관통했을 것이다. 그 칼은 그냥 칼이 아니었다. 노련한 기술의 응집이었다. 리강은 정말 오랜만에 공포란 것을 맛보았다. 언뜻 본 두 남자는 무슨 공사판 목수처럼 생겨 먹은 자들이었다. 투박한 느낌 속에는 무정한 살기가 서려 있었다. 칼이 휘돌아 리강의 왼손을 긁고 지나갔다. 이번 목표는 동맥이었다. 실패한 솜씨는 곡선을 그리며 어둠 속으로 되돌아갔다가 이내 새로운 솜씨가 되어 어둠으로부터 날아들었다. 리강은 리듬이 무너져 허우적댔다. 나는 지금 아무것도 아닌 인간인가? 반드시 그래야 한다. 흥분하면 나를 감싸고 있는 공기는 곤궁을 빠져나가려는 의지보다 무거운 물로 변해 버린다. 리강은 칼날들을 피하면서도 그런 생각을 하고 있었다. 인민군인가? 아니었다. 처음 부딪쳐 보는 유형과 기세였다. 두 개의 칼은 모양과 크기가 같았는데 만약 약간만 더 짧거나 길었다면 리강은 꼼짝없이 당했을 것이다. 두 놈은 같은 계통에 속하는 한 몸이었다. 한 놈이 뱀의 대가리가 되어 적을 물려고 하면 한 놈은 뱀의 꼬리가 되어 적을 휘감았다. 단순한 조직이 아니란 증거였다. 감정은 지워졌는가? 리강은 흐트러졌던 균형을 일시에 다잡았다. 달려드는 사내의 중심을 팔꿈치로 비껴 쳐 내 칼의 방향을 틀어 버렸다. 그 칼끝은 다른 사내의 오른편 허벅지를 찔렀다. 비명이 어둠 속에서 갈라졌다. 리강은 동료를 해쳐 움찔, 하는 사내의 왼쪽 귀를 온통 잡아 뜯어내 버렸다. 하나의 비명에 또 하나의 비명이 겹쳐졌다. 뱀의 머리는 깨어지고 뱀의 꼬리는 잘려 나갔다. 그때 발소리들이 요란하게 들렸다. 그것은 훈련된 움직임들이 일으키는 파동이었다. 고꾸라진 두 남자의 패거리가 분명했다. 리강은 축축한 귀를 땅바닥에 내던진 뒤 여자의 손을 잡고 멀리 보이는 희미한 빛을 향해 뛰었다. 순간, 부질없는 후회가 운명이 되었다. 리강은 죽음이 두려운 것이 아니라 죽을 뻔했다는 것이 불쾌했다. 저들은 누구인가? 이 여자는 누구인가? 나는 왜 이래야 했을까? 지금 나는 아무것도 아닌 인간인가? 그런 것들 말고도 리강은 이제 너무 많은 질문들을 한 손에 쥐고 있었다.

8

리강이 평양에서 돌아온 지 3일째.

고급 일식집보다 화려하고 정갈한 보신탕 집 만수산. 여닫이 창호지 문들로 둘러싸인 넓은 특실이었다. 개고기 전골과 수육, 부르고뉴 두 병을 사이에 놓고 오남철과 조명도가 윤상희, 장용수와 마주 앉아 있었다. 오남철은 아까부터 거의 저 혼자 포도주 잔을 기울이면서 주절주절 떠들어 대는 중이었다.

다른 사람들은 말쑥한 정장 차림인데 오남철은 색이 바랜 트레이닝복을 입고 있었다. 윤상희와 장용수는 처음 대면한 대동강 보스 오남철이 조깅이라도 마치고 곧장 온 줄로 짐작했겠지만 평소에도 그의 스타일은 싸구려 남방에 면바지 수준 이상은 아니었다. 일흔 살의 오남철은 일생 조깅이라는 것을 해 본 적도 없었다.

복장이 후지다고 해서 오남철이 초라해 보이는 것은 아니었다. 백발은 **빽빽**했고 혈색 좋은 피부는 놀랄 만큼 주름살이 적었다. 특히 눈이 마치 어린애처럼 싱싱했는데 그것이 어쩔 수 없는 노인의 얼굴에 박혀 있어 섬뜩한 느낌을 자아냈다. 또 말을 할 때 상대를 향해 숙여 버릇하는 마른 단신은 강단이 있었으며 목적이 모호한 열정이 음성에 배어 있어 좌중을 긴장케 했다. 이러한 오남철의 외양과 분위기는, 소년의 육신에 늘 고급 양복을 걸치고 핏발 선 눈이 노회하기 그지없는 장군도령의 모습과 기괴한 앙상블을 이뤄 누구든 그 둘이 함께 걸어오는 것을 맞닥뜨리면 거기에서부터 그만 기가 확 질려 버리게 만들곤 하였다. 오남철과 장군도령은 서로의 보색이었다. 둘은 합쳐지면 검은색으로 변해 버려 그 안쪽을 도통 들여다볼 수가 없었다.

오남철은 장군도령을 데려오고 싶었으나 술병이 나서 누웠다기에 관두었다. 그게 아니어도 장군도령은 그즈음 들어 아무 원인 없이 앓아눕는 일이 잦았다. 대동강들은 장군도령이 신기가 떨어졌다고 논평들이 많았다.

"녀사님도 아실지 모르겠소만."

오남철은 웬만한 여자면 다 녀사라고 존칭했다. 따라서 여기서 녀사님이라 함은 윤상희였다.

"공화국에서는 이 개고기를 단고기라고 불렀어요. 원래 거기도 개고기는 개고기였지. 양놈들은 개고기 먹는 걸 혐오하잖습니까. 근데 김 주석 앞에서 어느 불란서 정치인이 제 입에 들어가고 있는 게 개고기인 줄도 모르고 거 참 달다고 했더란 말입니다. 김 주석이 그 꼴을 보고는 이제부터 개고기 집이라 하지 말고 단고기 국밥집이라고 해라 해서, 이거이 그날부터 단고기가 됐어요. 사실 남조선

보신탕은 이것저것 많이 문대 놔 가지고 무슨 맛인지 잘 모르겠어. 북조선 단고기는 맛이 아주 깔끔해. 뭐가 다른가 하면 고기하고, 거기다가 양념 뿌려 준 것하고, 그렇지, 김치 한 종발 상큼한 거, 딱 그거거든."

"아, 네에."

"또 뭐가 다르냐 하면 북조선에는 농약이 없었어요. 이거 식사 중에 죄송스럽습니다만, 인분이랄까 축분이랄까, 그런 것들을 기본으로 하기 때문에 남새로서의 고유한 맛이 살아납니다. 남새 맛이 참 달라. 실례지만 녀사님은 년령이?"

"서른입니다."

"오, 서른. ……하늘의 별도 따 올 나이구만."

"저어, 단장님. 강이가,"

조명도가 조심스레 끼어들었다.

"어, 리 부장이 손전화도 꺼져 있고 그러는 것이 좀, 그냥 늦는 게 아니라 못 오는가 봅니다. 직접 처리하시지요."

오남철은 듣는 척도 안 했다.

"아직 혼자신가?"

"네?"

"미혼이신가 이 말이지."

"네, 아직."

"녀사님을 보면 누가 서른 살이라고 믿겠어? 스물 갓 넘어 보이는데."

"칭찬이 후하시네요."

"녀성 동무들의 아름다움은 국가의 큰 기쁨이지. 문제는 자랑스럽지 못한 사내들이야. 안중근 의사 같은 분들이 한창 항일 투쟁하시던 게 20대였어요. 요즘 길거리에 나다니는 젊은 놈들? 조국과 민족을 위해 늠름하게 싸울 만한 그릇이 어디 있나? 춤추고 연애질하다가 자살이나 안 하면 축하할 일이지. 윤봉길 의사께서 분연히 쪽발이들 잔칫상에 곽밥 폭탄 던지신 나이가 스물넷이오, 스물넷. 시인 이육사는 스물셋에 조선은행 대구 지점 폭파 사건에 가담하셨고. 좌우간 그 양반들은 아동 시기에도 동무들끼리 이보게 저보게 하고들 지내셨으니깐. 이 세계를 대하는 태도 자체가 의젓했던 거지. 요즘 남성들은 영양 상태만 양호할 뿐이지 사상의 숙성도가 현저히 낙후되어 있다, 그러한 얘기요."

"단장님도 젊으신걸요."

"아이쿠. 내가 허튼소릴 지껄이다가 녀사님께 한 방 먹었습니다."

"아니오. 그냥 드리는 말씀이 아니라 정말요. 평소 뭘 드시기에 그렇게 동안이세요?"

"……뭘 먹냐? ……글쎄올습니다, 요덕수용소 구경하기 전에는 그런대로 괜찮았는데, 지금은 산송장이야. 산송장. 하하하."

오남철 말고는 웃는 사람이 없었다.

"윤 녀사님이시지요?"

"네?"

"성씨 말이오."

"맞습니다."

"그렇지. 나는 윤 녀사님을 처음 봤을 때, 뭐냐 이거, 웬 꽃 파는 처녀인가 그랬소. 내 오늘 이리도 고운 분이 나올 줄 알았으면 단고기 집에서 접견하자고 안 했지. 최 회장께서 일본에 계시다기에 우락부락한 날총각이 대신 등장할 걸로만 예상했다는 소린데,"

오남철이 조명도에게 말했다.

"잘했구나. 너는 무슨 사무가 이따구야?"

"미, 미처 몰랐습니다."

"골이 안 좋은 놈이 깃발을 들면 인민들 전체가 지뢰밭으로 가는 거야. 개조하라."

"네."

오남철이 다시금 윤상희에게로 시선을 돌렸다.

"결례를 용서하기 바라오. 그나저나 식사를 못 하셔서 어쩌나."

"아닙니다. 단장님께서 마련해 주신 자린데 제가 입이 짧아 죄송합니다."

"종래는 노인들이 겸손한 젊은이들을 좋아하긴 합니다만. 어허허."

윤상희는 오남철의 주파수에 맞추는 게 오래 준비된 음모를 피해 가는 것만큼이나 힘겨웠다. 대단한 괴짜라더니만, 이 분야 인간들의 표현 부족에서 기인한 과소평가임이 분명했다. 괴물이었다.

웬 이북 영감이 통일 직후 서울 한복판에 불쑥 나타나 강력한 조직을 세우고 불과 5년도 안 되는 기간에 대규모 사업을 달성한 것 뒤에는 온갖 추측과 전설 들이 난무했다. 영문 없는 오남철은 영문 없는 사내들과 영문 없는 자금을 몰고 와 영문 없는 방법들을 몰아치며 통일 대한민국의 대혼란 속에서 암흑가의 무시 못 할 보스로 자리 잡았다. 그는 마치 미래의 사건들을 이미 알고 있었던 것처럼 행동했으며 그 결과는 매번 소름 끼치게 적중했다.

윤상희는 생각했다. 저 노인네는 진심을 감추지 않는다. 진심을 자의식 없이 왜곡할 뿐이다. 광인이다. 그런데도 미치지 않은 사람들보다 더 현실적이다. 정교한 오리무중이다. 윤상희는 최열과 오남철을 비교해 보았다. 최열이 바위라면 오남철은 안개였다. 어느 쪽이 더 이 아수라장에 적합한 악당일까? 그러다가 문득, 자신의 의지와는 아무런 상관없이, 한 남자의 인상이 가만히 떠올라 당황했다.

오남철이 장용수를 쳐다보며 말했다.

"왜 그리 말이 없나? 술 좀 들지?"

장용수가 아니라 윤상희가 대답했다.

"운전을 해야 돼서요. 제가 대신."

윤상희가 포도주가 가득 채워져 있는 제 잔을 비웠다.

"녀장부구만. 녀장부. 주량이 도량인 경우가 종종 있다는 소린데, 최 회장께서 왜 윤 녀사를 보내셨는지 내 알겠어요. 사내 열보다 나은 녀자 하나가 있기 마련이지."

"과찬이세요. 저 소심해요. 얼마나 겁이 많은데요."

"소심감이 심하시다? 왕드살이 아니다? 하하."

"왕드살이요? 그게 무슨 뜻이죠?"

"명도. 남조선에선 뭐라고 하는 거니?"

"어, 왈가닥, 뭐 대충 그렇습니다."

"네. 저 왕드살이 아니에요."

"아하하. 그래요. 내 승인하지. ……이상하게 볼지 모르겠소만,

나는 이렇게 단고기에는 포도주를 마셔요. 막상 요 두 놈이 기막히게 어울린다, 이거거든."

이때 여닫이 창호지 문이 스르륵 열리고 리강이 방 안으로 들어왔다. 늦은 것을 미안해하는 기색은 조금도 찾아볼 수 없었다. 왼손은 가볍게 붕대로 싸매고 있었다. 리강은 정면에 앉아 있는 오남철에게 고개 숙여 인사를 했다. 윤상희와 장용수는 뒤를 돌아다보지 않았다. 태연한 태도를 중요시 여기는 게 이 바닥의 생리였다. 리강은 웨이브 진 긴 머리가 여비서쯤 되고 그 옆이 최열인가 보다 싶었다. 오남철은 흡사 아들을 반기는 듯한 미소를 지었다.

"그래, 그래야지."

오남철이 흐뭇하게 중얼거리자, 조명도가 리강에게 쏘아붙였다.

"이 보라, 너는 어케 된 게 단장님께서, ……음."

오남철은 리강을 나무라는 조명도를 눈빛만으로 저지했다. 조명도가 고자누룩해져 입을 다물었다. 리강은 오남철의 오른편 자리에 가 앉았다.

"손은 어디서 다쳤니?"

"좀 데었습니다."

리강이 윤상희와 장용수를 보았다. 윤상희와 장용수가 리강을 보았다. 동물적인 감각들이 오가는 순간이었다.

"윤 녀사."

"……네? 네."

오남철이 리강의 어깨에 손을 얹으며 말했다.

"이자가 내 보검이야. 그간 녀사께서 림병모와 진행하던 일은 오늘부로 이 친구와 여기서 마무리되는 거요. 어차피 림병모는 리 부장이 평양에서 돌아올 때까지만 맡다가 인계할 예정이었으니까 아무 지장 없는 거지."

"임병모 씨 그렇게 되신 거 너무 안타깝습니다."

"개의치 마시오. 인간이야 태어날 때부터 누구나 사형수인 거지. 일찍 가고 조금 늦게 가는 차이가 있을 뿐이오."

조명도는 몰래 이를 악물었다. 리강과 윤상희가 앉은 채로 목례를 나누었다. 윤상희가 리강에게 명함을 건넸다. 리강은 윤상희의 명함을 유심히 보았다. 리강은 쓴웃음을 참았다. 윤상희가 리강의 왼손을 유심히 보았다.

"저는 지금 명함이 없습니다."

리강이 윤상희의 존재감에 가려 있던 장용수를 새삼 뚫어지게 쳐다보았다. 장용수도 리강을 대놓고 보았다. 칼자국이 있는 장용수의 오른쪽 볼로 입꼬리가 살짝 올라갔다. 오남철이 말했다.

"빠개 놓고 말해서 통일 이후 북남이 한 동포라는 거 체험하기가 참 힘든데, 최 회장께서 우리 대동강에 렬렬한 애정을 베풀어 주셔서 얼마나 감격스러운지 몰라요. 이 벅차는 심정 꼭 전달해 주시기 바랍니다."

"저희 회장님께서도 단장님께 감사의 말씀 전하라고 하셨습니다."

"아니에요, 아니야. 그럼 내가 열스럽지. 듣기 좋으라고 통일이지 우리야 남조선에 피난 온 거나 마찬가지 아니오? 통 큰 동포애가 없다면 이럴 수 없는 거지. 내가 보기에 최열 회장님 그분 민족주의자요. 일제시대였다면 분명히 항일 투쟁을 령도하셨을 거예요. 우리 애들, 아무리 먹여도 살이 잘 안 쪄. 남조선 건달들은 덩치도 크고 피둥피둥한데 말이야. 그뿐인가. 여기 리 부장 말고는 암만 비싼 옷 갖다 입혀 놔도 티가 안 나. 땟국물이 빠지지 않는 거지. 그게 다 마음의 소치예요. 마음의 소치. 어려서부터 먹고 자란 게 중요하기도 하겠지만 이놈들 가슴속이 영 허전하고 아리아리한 거야. 이남에 내려온 우리 북조선 인민들에게는 이방인의 서러움이 알게 모르게 깊은 거라. 그래서 먹어도 살이 안 되고 입어도 멋이 안 나오는 거야. 에이, 비장하게 생각해서 좋을 것이 뭐 있겠소? 이게 다 나이가 들고 죽을 날이 얼마 남지 않아서야. 어서 죽어야지. 새 나라인데 헌 사람들은 얼른 죽어서 길이 돼야지. 좀 더 분투하면 이북 인민들도 언젠가는 당당하게 살 날이 오지 않았어? 명도. 너 애들 잘 먹이고 잘 입히고 있는 거야?"

"아, 네. 그럼요, 단장님."

"우리가 통일 조국에서 윗대가리 몇만 호강하자고 이러는 거 아니잖아? 새 시대에 걸맞은 새 인물들을 키워야 하는 거잖아, 맞지?"

"재청입니다. 단장님."

오남철이 윤상희를 꿰뚫어 보며 사뭇 다른 톤으로 말했다.

"그렇지만 우리 아이들 정신력 하나는 승인해야 할 거요. 인간은 한낱 고깃덩어리가 아니거든. 아니 그렇소?"

9

한을설이 벤츠의 뒷문을 정중히 열었다. 오남철의 얼굴은 포도
주 빛이었다. 그는 윤상희에게 악수를 건네며 통일 조국이니 녀장
부니 하는 객소리들을 되풀이했다. 리강은 머릿속이 어지러웠다.
그건 윤상희도 마찬가지였다.

벤츠 뒷좌석에 푹 기대앉은 오남철의 상반신이, 스르륵 올라가는
검게 코팅된 차창에 비치는 리강과 윤상희, 그리고 조명도의 상반
신에 의해 조용히 지워졌다.

장용수는 윤상희의 차 앞에 서서 그들을 줄곧 지켜보고 있었다.
조명도의 차 옆에 대기하고 있는 대동강 단원 김덕곤이 간간이 눈
빛으로 기 싸움을 걸어왔지만 장용수는 동네 똥개 대하듯 신경도
쓰지 않았다.

덕곤은 장용수가 무작정 마음에 들지 않았다. 이북 사람들과 이
남 사람들 사이의 불화가 건달들의 세계라고 해서 예외는 아니었

다. 저 새끼는 문신을 어디다 했을까? 용일까, 호랑이일까? 이남 건달들의 문신 관습이 이북 건달들은 생경했다. 문신의 유무가 통일 이후 한동안 이남 조폭과 이북 조폭을 구분하는 우스운 잣대가 되기도 하였다. 이남 건달들을 본받아 문신을 하는 이북 출신 건달들이 조금씩 생겨나고는 있었으나 만약에 대동강에서 그랬다가는 농담이 아니라 곧바로 즉결 처형 감이었다. 오남철이 단원들에게 어떠한 그림이나 글자도 몸뚱어리에 새기지 말 것을 명령했기 때문이다. 쪽발이 야쿠자들이나 하는 유치한 짓거리를 따라 하는 것은 조선 협객의 수치라는 거였다. 처음에 덕곤은 인상이 건방져 보이는 장용수에게 가벼운 시비라도 붙여 볼 심산이었지만 장용수가 윤상희와 그 주변에 집중하고 있는 모양을 자기에게 겁먹은 것으로 착각하고는 드문드문 노려보는 것에 만족했다. 사실은 덕곤의 그러한 긍정적 사고방식이 덕곤을 살린 셈이었다. 사람은 부지불식중에 그렇게 애처로운 방식으로도 목숨을 부지한다.

한을설이 운전하는 벤츠가 출발했다. 윤상희가 리강을 봤다. 리강이 윤상희를 봤다. 조명도가 그러는 두 사람을 훔쳐봤다. 조명도는 더듬이가 예민했다. 리강은 그것을 누구보다 잘 알면서도 당장 그 자리에서는 어쩔 수가 없었다.

그런데 주차장을 빠져나가던 벤츠가 갑자기 정지했다. 한을설이 의아해하고 있는 셋에게로 달려왔다. 장용수가 양미간을 찡그렸다. 한을설이 리강 앞에 섰다.

"단장님께서 리 부장님 타시랍니다."

"무슨 일인데?"

한을설에게 묻고 있는 자는 리강이 아니라 조명도였다.

"모릅니다. 리 부장님 차에 타시랍니다."

"나는?"

정작 이유 따위는 중요하지 않았다. 저 요망한 늙은이가 또 시작이구나. 조명도는 소외감에 배알이 꼴렸다.

한을설은 무표정이었다. 조명도는 친하면 노예로 삼고 멀리하면 적으로 규정해 버리는 타입이었다. 약간의 틈도 주지 않는 것이 상책이었다. 부하라면 콱 쏴 죽여 버리고 싶었지만 뭐 어쩌겠는가. 한을설은 존경하는 직속상관 리강이 야속하고 답답할 뿐이었다. 충분히 그럴 수 있는데도 리강이 조명도를 짓눌러 주지 않는 것에 불만을 품은 단원이 한을설만은 아니었다. 대체 조명도의 야비함을 알고 그러는 것인지 모르고 그러는 것인지 리강은 조명도에 대해서만큼은 방관에 가까울 정도로 너그러웠다.

"다른 말씀 없습니다. 리 부장님 타시랍니다."

붉으락해진 조명도를 보며 윤상희는 이 상황이 꽤 흥미로웠다. 상대편 내부의 관계도를 파악하는 것은 사업상의 관건이었다. 윤상희는 조명도가 위험한 변수로 작용할 수 있는 인물임을 직감했다.

그때 웬걸, 변수는 전혀 엉뚱한 지점에서 발생했다. 리강이 오남철의 벤츠가 아니라 장용수에게로 걸어가고 있었던 것이다. 장용수의 눈매가 날카로워졌다. 덕곤이 리강에게 꾸벅 인사를 했다. 리강이 덕곤에게 말했다.

"넌 좀 들어가 있어."

"네? 아, 네."

덕곤이 조명도의 차 운전석에 앉고는 문을 닫았다.

리강과 장용수가 서로를 마주 보았다.

"너 나 알지?"

"……."

"어디서 날 봤던 놈이냐고 물었어."

"여전하시네요."

"……."

"인민무력부 예하 특수부대 소속이었습니다. 조선인민군 제15호 격술연구소에서 소좌님에게 교육받았습니다. 사람 죽이는 거."

"……어떻게 쟤들이랑 있어?"

"위대한 통일 조국 아닙니까? 뜨거운 동포애 아닙니까? 북조선 출신이 이남 조직에 있어선 안 된다는 법 없죠."

"계급이 뭐였나?"

"특무상사였습니다. 지금은 아무것도 아니고요."

"아무것도 아니다?"

"자주 그러셨지 않습니까? 아무것도 아닌 인간만큼 무서운 건 없으니까 그렇게 되라고요."

"내가 그랬었나?"

"그것 말고도 잊어버린 게 많으시길 바랍니다. 그게 건강에 좋습니다. 우리 같은 사람들에게는."

"……네가 보기에 지금 나는 뭔 거 같나?"

"방금 말했지 않습니까. 여전하시다고요."

"여전하다?"

"나쁜 말도 좋은 말도 아닐 겁니다."

"……."

"……."

"너도 남조선에 몸 팔러 내려와서 만담이 많이 는 모양이구나. 좋은 거다. 아무에게나 우리 같다고 말하는 너 같은 애한테는."

"……."

"저기 네가 모시는 이상한 여자에게 가서 전해라. 레닌의 어금니, 그거 가짜라고."

"……."

장용수가 길을 잃은 얼굴이 되었다. 리강은 아까 만수산 안에서 장용수가 그랬던 것을 흉내 내어 오른쪽 입꼬리를 씨익— 올렸다.

10

벤츠는 한강변을 달렸다. 리강은 이해하기 어려운 인연들이 제 삶에 끼어들고 있는 것 같아 꺼림칙했다. 우연치고는 집요한 구석이 없지 않았던 것이다. 생각하지 말자. 그럼 아무런 일도 일어나지 않는다. 별수 없이 리강은 스스로에게 그렇게 타일렀다. 철교 위를 날아가는 흰 새 떼 중 한 마리가 대오를 이탈하여 멀리 작은 섬 쪽으로 하강하고 있었다.

내내 눈을 감은 채 침묵하던 오남철이 입을 열었다.

"틀어 봐."

스피커에서 너무 큰 소리가 터져 나오자 한을설이 깜짝 놀라며 볼륨을 얼른 줄였다. 오남철이 눈을 떴다.

"죄송합니다. 단장님."

오남철은 클래식광이었다. 라흐마니노프의 피아노 협주곡이 은은하게 흘렀다. 오남철은 대책이 없는 변종 미학주의자였는데 본래는 전혀 어울리지 않았을 요소들이 그의 괴팍한 취향과 뒤섞이면 좋고 나쁨을 따지기 힘든 회한한 양상을 드러냈다. 이를테면 개고기와 포도주처럼. 대동강 단장과 고전음악의 결합도 마찬가지였다. 오남철 안에는 상극하는 두 개의 세계가 공존했다. 그는 조광조처럼 원칙을 내세우며 괴로워했지만 보들레르처럼 탐미에 미쳐 있었다. 꺼지지 않는 불과 녹지 않는 얼음의 충돌에서 비롯된 분열이 바로 오남철이었다. 신봉하는 사상을 위한 살인을 예술 작품 감상하듯 저지르는 인간이 그였다. 사탄은 성당을 허물다가 수녀를 짝사랑하게 되었던 것이다.

"너는 왜 멀쩡한 차를 놔두고 걸어 다녀?"

"……."

"그러고 다니는 거 저쪽에서 보면 내 체면이 참 잘도 서겠다. 우리 북조선 출신들은 뭘 하든 오해받기 쉬운 거 몰라?"

"……운전하기가 싫어서요."

"적당한 놈 뽑아서 운전대 잡게 하면 되지. 대답이랍시고는, 큼, 명도는 없는 것도 만들어 굴려서 탈인데 넌 어째 그 모양이야?"

"이 말씀 때문에 태우신 겁니까? 을설이, 단장님이 딴 부서로 차출시키셨지 않습니까?"

"이러기야? 운전 시중들 놈이 저놈밖에 없어?"

"을설이 말고는 마음에 드는 애를 못 찾겠더라구요."

"하이고, 눈물 난다. 간나 새끼들."

백미러로 뒷좌석의 리강을 보는 한을설과 그러는 백미러 속의 한을설을 보는 리강은 둘 다 미소를 지었다. 한을설은 문 형사가 실수로 쏜 총에 죽은 한길수의 친동생이다.

"단장님. 앞으로 이런 일은 명도가 하게 하시죠? 전 적성에 맞지도 않고요."

"이런 일?"

"계약하고, 뭐 그러는 거 말입니다. 저는 그냥 가게나 관리하고 애들 움직이고 그러는 게 좋습니다. 아는 것도 없고요."

"명도 그놈은 지나치게 영리해. 멍청한 거지. 마음은 딴 데 가 있는 놈이. 세상에서 제일 무서운 게 노인네라는 걸 몰라."

"지금도 섭섭한 눈친데요. 공도 많이 세웠잖습니까."

"용쿠나. 눈치란 게 네 녀석한테도 있긴 있었구나."

"그렇게 해 주시죠. 열의가 있는 자가 맡아야 일도 술술 풀리는 거 아니겠습니까?"

"넌 렬의가 없단 뜻이야?"

"……."

오남철이 앞좌석 뒷면에 달린 서랍에서 낡은 권총을 꺼내 리강에게 건넸다.

"젊어서 내가 썼던 거다."

"……68식이군요. 참 오랜만에 만져 봅니다."

리강은 총신에서 탄창을 빼내 총알 여덟 발이 재워져 있는 것을 확인했다.

"김정일은 군부대를 시찰하면 꼭 총을 하사했지. 총은 주인을 배신하지 않는다고 말이야. 틀려도 한참 틀렸지. 총의 진정한 매력은 내가 들고 호령하다가도 남에게 뺏기면 꼼짝없이 당한다는 거, 그

거거든. ……네가 건사해."

"……이걸 왜?"

"내가 믿는 건 너밖에 없다는 소리야."

68식. 리강은 생각했다. 1968년 유럽의 코쟁이 대학생들이 캠핑보다 저능한 시위로 혁명을 한답시고 갖은 꼴값들을 떨고 있을 때 북한은 소련제 TT33을 카피해서 이 총을 제작했다. 혁명? 혁명은 국회의사당과 방송국에서 총으로 하는 것이다. 파리의 극장과 길거리에서 "금지를 금지한다." 따위의 문학적인 구호를 외치면 그것은 혁명이 아니라 공연일 뿐이다. 1968년 1월 21일 조선민주주의인민공화국 민족보위성 정찰국 소속 124부대원 31명이 청와대를 기습했다. 무덤을 파 시체 옆에서 잠자는 훈련까지 받았던 그들은 27명이 죽고 둘은 도망쳤으며 나머지 둘이 생포되었는데 그중 하나는 수류탄으로 자폭했다. 유일한 생존자 스물여섯 살 청년 김신조는 수감 생활 중 자신에게 편지를 보낸 기독교 신자 소녀와 결혼하여 훗날 장로교 목사가 되었다. 124부대원 31인 전원이 각기 한 정 소지하고 있었던 것이 TT33이다. 비록 실패는 했지만 혁명은 그렇게 하는 거라고 리강은 믿었다. 그는 피를 지불하지 않는 어떠한 혁명도 신뢰할 수 없었다. 그리고 이제는 변화시키고 싶은 간절한 모든 것들이 인생에서 완전히 사라져 버린 지 오래였다. 그는 살아 있어도 살아 있는 게 아니었다. 리강은 탄창을 다시 총신에 끼워 넣었다. 1968년. 지금으로부터 48년 전. 68식. 반동이 심해서 다루기가 쉬운 편이 아니고 주로 사회안전부 요원들이 사용했다. 젊은 오남철은 이 총을 들고 몇이나 저승으로 보냈던 것일까? 저승? 죽고 나면 뭐가 기다리고 있는 걸까? 나는 유물론자가 맞기는 한 걸까?

"이걸 만들었을 적만 해도 북조선이 남조선보다 잘살았다던데요?"

"우리가 밀고 내려올 때 탱크 한 대 없던 놈들이 아니냐."

"······."

"고 반장한테 그런 거 보고받았다. 쓸데없는 짓이었어."

"석연치가 않아서요."

"뭐가?"

"문 형사 개를 제가 좀 봤는데요, 앙심을 품고 누굴 살해할 만한 위인이 전혀 아니었습니다. 또 밤에 명중시켰다면 특수부대원이 아니고서야 가까이서 그랬다는 건데, 병모가 당할 때까지 그냥 놔뒀을 리가 없어요. 병모 실력은 단장님께서 더 잘 아시잖습니까? 물론 술이 좀 취해 있기는 했을 테지만 은좌에서 문 형사와 다투느라 말짱해졌을 것이고, ······사체는 어땠습니까?"

이번처럼 긴급한 사례가 아니어도 대동강 단원의 시신은 항상 오 단장이 직접 수습하는 것이 관례였다. 그것이 부하들에 대한 오 남철의 가장 고매한 사랑의 표현이었다.

"······."

"근거리에서 발사된 게 맞지요? 뭐 특별한 점이라도."

"리 부장."

"네."

"100년 전쯤에 미국에 금주법이란 게 있었어. 술이 없는 사회라, 굉장한 망상이었지. 그런 거 보면 청교도들이 공산당만큼 황당한 거야. 인간이 술과 매춘 없이 어떻게 살 수 있겠어? 결국 갱들만 잔뜩 배불려 놓고는 한 10년 만에 폐지됐다. 유명한 갱영화들의 대부분이 그 시절 얘기야. 지금도 미국의 거리는 갱과 부패 경찰이 지배해. 이민자들이 세운 조직들이 무시무시하지. 모국으로 추방해 봤자 조직이 역수입되는 꼴이 됐다가 거기서부터 다시 전 세계로 퍼져 나간다. 10대에 첫 살인을 하고 수감되면 그게 입단식이야. 교도소까지 조직들이 삼중 사중 대립하며 장악하고 있다고. 국제 경찰 미국의 현재가 그렇단 소린데,"

미국이 몰락하고 유럽연합이라든가 중국 등이 국제 정세의 주도권을 잡으리라던 몇몇 미래학자들의 예측은 한참 빗나갔다. 미국은 계속해서 절대 강자로 군림하고 있었다. 북한이 보유하고 있던 핵탄두 2기도 미국이 압수해 버렸다. 그 일은 이북 사람들의 금이 간 자존심에 또 한 번 결정타를 날렸고, 그렇지 않아도 그들로부터 수전노, 색마라 비난받던 이남 사람들은 제국주의의 머슴살이도 겸하게 되었다.

"통일 대한민국이 잘 돌아갔다면 지금 우리 같은 사람들이 이렇게 살 수 있을 것 같아? 이것도 조국이라면 조국은 어차피 쓰레기가 됐어. 금주법 시대와 마찬가지야. 혼란에 감사하라고. 네 문제가 뭔지 알아? 너는 항상 매사에 답을 구해. 답을 구하지 마. 세상은 주체철학 용어 사전이 아니야. 답을 구하니까 네가 세상보다 더 혼란스러워지는 거야. 답을 구하니까 망자에게 집착하는 거고. 주도면밀한 거? 사내가 물론 그래야지. 그렇지만 각론은 각론이고 총론은 총론이야. 살아남는 인간은 총론에 강하다. 전체를 읽어야 상황이 파악되고 할 일 안 할 일 구분하게 되는 거야. 혼돈의 시대에 각론은 잘해 봐야 감정싸움일 뿐이야. 답? 세상 어디에도 그런 건 없어. 질문도 성립이 안 되는데 답이 어딨어? 네가 이해는 돼. 우리가 그런 사회에서 살았으니까. 선과 악, 적과 동지를 확실히 정해 놓지 않으면 큰일이 나는 북조선에서."

"······."

"평양에만 박혀 있지는 않았을 테지? 어때?"

"평양 밖은 언급할 가치도 없습니다. 이남만큼 개발되려면 아마 100년은 걸릴 거예요. 평양은 온통 남한식이구요. 엉망이 되어 버렸습니다."

"100년? 안 망했을 경우가 100년이지."

"여기 한참 있다가 가 보니까 우리가 얼마나 짐승처럼 살았는지 새삼 알겠더라고요."

그 황폐한 땅들을 사재기하겠다고 이남의 기업과 부자 들이 몰려가고 있었다. 한국전쟁 이전의 부동산 소유권을 주장하는 이남 사람의 소송도 줄을 이었다.

이남이 혼돈이라면 이북은 공포였다. 이북의 밤은 전기 시설이 없어 암흑 그 자체였다. 도시에서 약간만 벗어나면 호위하는 무장 병력 없인 차를 타고 공적인 조사조차 다니지 못하는 형편이었다. 강제 전역 당한 인민군들 중 일부분은 재래식 무기를 보유한 채 이북 곳곳에 퍼져 있었다. 그들은 빨치산이 아니었다. 어떠한 이데올로기도 담보하지 않는 말 그대로의 토비, 마적들이었다. 내셔널지 오그래픽이 아프리카 반정부 게릴라들을 취재했을 때의 장면들이 한반도 북쪽에서 버젓이 펼쳐지고 있었다.

"하긴 이쪽에서 제일 잘살던 동독이랑 저쪽에서 제일 잘살던 서독이 합쳤는데도 그 지경이었으니. 맞아. 독일이니까 그나마 견딘 거지. 남조선은 벌써 거덜이 났잖아?"

사회주의 국가들 가운데 동독의 국민소득은 3000달러 수준으로 단연 1위였으나 이는 고작 서독의 10분의 1에 불과했다. 2011년 남한과 북한의 국민소득 차이는 아무리 적게 잡아도 40배 이상. 남한의 경제력이 1990년 서독의 3분의 1이니까, 간단한 산수로도 대한민국 국민 한 명이 짊어진 통일 비용은 서독 국민 한 명이 감당해야 했던 것의 무려 12배였다. 통일 독일은 26주년을 맞았지만 아직도 휘청거리고 있었다.

"남조선 사람들 입장에서는 통일이 되지 말았어야 했어. 북조선 인민들도 덜 굶게 된 거 빼고는 기분 상하는 일들투성이지만 말이다. 어쨌거나 남조선식 자본주의는 부동산이야. 조선시대 양반 지주의 착취 때부터 땅에 한이 맺혀서 그래. 그 반동적 체질을 뿌리 뽑은 게 우리 공화국이었는데. 이 악종들이 휴전선 위로 기어 올라가서 노는 꼴들을 좀 봐라. 나중엔 묘향산 꼭대기에도 교회 짓고 대동강 물도 자기들 거라고 서류를 들이밀 놈들이야. 내가 보기에 이 혼란도 거의 다됐어. 이놈의 나라가 무슨 사단이 나도 분명히 난다. 얼마 남지 않았단 소린데."

평양에서 두 시간 거리인 묘향산은 민족의 성지라고 하여 과거 북조선에서는 나무 한 그루 건드릴 수 없었다. 에너지와 식량난으로 이북 전역의 산들이 헐벗어 갈 때도 묘향산은 잘 보존되었다. 그

묘향산이 통일 이후 이남 자본의 관광 개발로 인해 훼손되고 있었다. 오남철의 저러한 분노는 곧 리강의 분노이기도 했다. 그러면서도 리강은 묻고 싶었다. 얼마 남지 않았다? 그래서 어떻게 하겠다는 겁니까? 도대체 당신이 원하는 끝은 뭡니까?

차가 시내로 접어들었다. 교통 정체가 심했다. 길가에 사람들이 엄청나게 긴 줄을 이루며 서 있었다. 일명 통일급식소. 이북 난민들에게 통일 정부에서 하루 한 끼 식사를 제공하고 있었다. 서울에만 20여 군데의 통일급식소가 운영되고 있었다. 조촐한 안전망이었다.

"저들이 폭동을 일으키면 남조선 반동들이 생각이란 걸 하고 살게 될까?"

"네?"

"이남 사람들이 저들을 얼마나 증오하고 있겠니?"

이남에 득실거리던 도둑고양이들은 씨가 말랐다. 이북 사내들이 그물과 덫으로 도둑고양이들을 잡아 아파트 단지 내 공원이라든가 동네 공터 등에서 껍질을 벗기고 구워서 술안주로 삼았기 때문이다. 도둑고양이들을 퇴치해 줬다고 이남 사람들이 감사할 리 없었다. 그들이 그러고 있는 광경이 어느 가위 눌림보다 괴로웠기 때문이다. 장애 아동들을 위한 복지시설이 제 집 근처에 들어서는 기미만 보여도 즉각 연판장을 돌리고 데모를 해 대는 것이 남한의 민주시민들이었다. 까놓고 말해서, 통일 이전에도 좀 낙후된 구역의 어린이 놀이터는 아이들이 주인이 아니라 좌절한 어른들이 대낮부터 음주를 일삼고 세상을 저주하는 공간이었다. 다만 그 어른들의 면면과 취향이 다소 바뀐 것뿐인데 이남 사람들은 자기들의 지난 자화상에 언제나 그랬듯 오리발을 내밀고는 역겨운 엄살들을 떨었다.

점입가경, 굉장한 유언비어들도 횡행했다. 그중 대표 격이 식인귀가 출몰한다는 거였다. 북한의 고난의 행군 시기에 배가 고파 인육을 입에 댔던 한 사내가 통일 뒤 서울에 내려와서도 그 맛을 못 잊어 이남 사람들만 골라 살해해 심장만 파먹고 돌아다닌다는 거였다. 공교롭게도 원인 모를 실종 사건들이 연달아 일어나기는 했지만 심장이 없는 피살체가 발견된 적은 없었으니, 일단 이것은 이북 사람들을 향한 이남 사람들의 혐오를 충분히 입증하는 일례로서만 유효하였다. 통일 대한민국은 내면적으로는 여전히 분단 상태였고 전라도와 경상도 사이보다 더 지독한 지역감정 하나가 추가되었던 것이다.

"최열이가 수상해."

"최 회장은 일본에서 언제 온다는 겁니까?"

"……만만하지가 않을 것이다."

"최열이라면 당연한 거 아닙니까?"

"가증스러운 에미나이. 얘기만 듣다가 오늘 직접 보니까 알겠다."

"……윤상희 실장 말씀이십니까?"

"순진한 척 다리 오므리고 있더라마는 이 바닥에서 그 정도면 어디 그냥 여자겠어? 아마 그 속에 일개 사단은 진을 치고 있을 것이다."

"그렇지만도 않던 것 같던데요?"

"그걸 네가 어떻게 알아?"

죽음 말고는 모든 것을 경험한 노인의 눈동자 안에 리강이 있었다. 리강은 순간적으로 아차 싶었다.

"아까 봤잖습니까."

"여자는 배신할 때 봐야 보이는 거다. 그 전에는 허깨비야."

"……."

붉은 주단이 낮은 천장에서부터 흘러내려 좁은 기도실의 한쪽 벽면 전체를 가리고 있었다. 리강이 그것의 밑단을 찢어 냈다. 다행히 상처가 깊지는 않았다. 리강은 붉은 주단 조각을 붕대처럼 말아서 우선 옆구리를 감싸 맸다. 리강의 피가 붉은 주단의 부드러운 결을 따라 스며들었다. 여자가 붉은 주단을 찢었다. 리강이 여자를 쳐다봤다. 여자가 리강에게 다가왔다. 그녀는 붉은 주단 조각을 접어서 리강의 왼손을 둘러 묶었다. 리강은 여자의 자연스러운 행동에 내심 놀랐다. 여자는 충격을 받아 말을 안 하고 있던 것이 아니었다. 여자는 일부러 말을 아끼고 있었다. 여자의 몸은 의외의 상황에 대처하는 법을 숙지하고 있었다. 당신 뭐하는 여자요? 간신히 여자를 이끌고 숨어든 곳이 불 꺼진 교회라는 사실을 리강은 복도를 지나면서야 인지했다. 문이 열린 예배당 정면으로 커다란 나무 십자가가 보였다. 침침한 기도실 안에는 금발의 서양 사내아이가 기도하는 사진이 걸려 있었다. 뭐하는 사람이냐니까? 그게 궁금해요? 이것이 그 둘이 서로 처음 나눈 대화였다. 여자는 침착함을 유지했다. 그런 그녀 때문일까, 리강도 어느새 무겁게 가라앉았다. 아는 자들이었나? 날 알고 있었겠죠. 역시나 이상한 여자였다. 리강은 아까 암흑 속에서 희미한 불빛을 향해 이 여자의 손을 잡고 뛰었을 때, 빌딩 옥상에서 뛰어내려 자살하는 이가 바닥으로 떨어지는 그 짧은 시간 동안 과거에 겪은 모든 일들을 보게 되는 것과 비슷한 체험을 하였다. 리강은 내가 이토록 나 자신이 아니었나 싶었다. 떠오르는 지난날의 그가, 그는 너무 낯설었다. 그리고 장군도령의 입에서 비어져 나오던 서늘한 목소리가 폐부를 파고들었다. 너는 너를 죽일 것이야. 너는 너를 죽일 것이야. 그 밤 리강에게 총이 있었다면 사태가 조금이라도 쉽게 풀렸을까? 전문 칼잡이들과의 근접 대치였으니 어차피 총은 무용지물이었을 것이다. 언제부터인가 리강은 총을 지니고 다니는 것이 두려웠다. 대동강들이 듣는다면 그야말로 박장대소할 소리였다. 고래가 바다를 피한다? 뭐라 설명할 길이 없었다. 리강은 총이 있으면 길에서 스스로를 쏴 버리고 말 것 같은 중압감에 시달렸다. 고래는 사막을 견디고 있었다. 여자는 반대편 벽으로 가 기대고 주저앉았다. 그러는 댁은 뭐하시는 분인데요? 사람 귀를 모으시나요? 리강은 기가 막혔다. 왜 날 따라와 구해 줬죠? 리강이 여자의 질문에 대답할 처지가 못 된다면 여자 또한 그럴 수 있다는 것을 리강은 그제야 인정했다. 여자가 청바지 주머니에서 핸드폰을 꺼내 들었다. 이제 난 전화를 걸 거예요. 와서 안전하게 데리고 가 줄 사람이 있어요. 그쪽은 어떻게 하겠어요? 그 사람이 오면 함께 나가는 게 어때요? 편한 곳까지 보호해 줄 수 있어요. 그자들이 밖에 있을지도 모르잖아요. 여자의 입에서 경찰이라는 단어는 나오지도 않았다. 나는 지금 나갈 테니 피차 더 이상 상관하지 맙시다. 먼저 상관한 건 나였지만. 어떻게 사례를 해야 할까요? 우린 여기서 그냥 헤어지면 다신 볼 일이 없어요. 여자가 묽은 어둠 속에서 명함을 내밀었다. 그만합시다. 내가 자초한 거요.

여자의 눈은 흔들리는 것이 느껴질 만큼 물기가 많았다. 순간 리강은 생각했다. 이 여자는 강한 척하고 있구나. 복잡한 자신을 세상에 들킬까 봐 겁내고 있구나. 리강은 교회 본관을 빠져나와 뜰 담벼락에 붙어 이동했다. 의심이 가는 인기척은 어디에도 없었다. 리강은 여자의 왼손을 잡았던 자신의 오른손을 달빛 아래 펴서 물끄러미 보았다. 피 묻은 손이었다.

"자본주의란 게 결국은 채워지지 않는 욕망의 바다야. 어디에도 육지가 없는 바다. 사내들은 제 손바닥만 한 배에 돛을 올리고 조만간 어딘가에 도착할 수 있다고 믿지. 어리석은 짓이야. 정박할 땅이 없는 배가 바다를 이길 순 없다. 파도를 타고 떠돌다 운이 다하면 가라앉을 뿐이야."

……준비가 철저한 여자였다. 사업 상대가 된 북조선 인간들에 관해 조금이라도 더 감을 잡아 보려 했던 것일 게다.

리강은 윤상희가 그녀와는 하등 어울리지도 않는 H 지역에 출현해 레닌의 어금니 같은 것에 관심을 주었던 까닭을 그렇게 오해하고 있었다.

……윤상희를 노렸던 그 목수 분위기를 풍기는 칼잡이 한 쌍은 누가 보낸 것일까? 십중팔구 최열의 적일 것이다. 윤상희라는 유리한 패를 확보한 뒤 최열과 게임을 시작하려던 것이든가 아니면 그 이상을 바랐던 거였겠지.

리강은 불현듯, 오남철의 옆얼굴을 보았다.

……설마. 전쟁을 불사해야 하는 도발을 내게 알리지도 않고 낯선 놈들을 동원해 감행했다? 그것도 최열과의 호의적인 계약이 성

사되기 바로 전날에? 에이, 억측으로도조차 아무런 가치가 없다. 아, 어둠 속 그들의 본색은 대체 뭐란 말인가? 그들을 움직이고 있는 자는 누구인가?

"……그럼 사회주의는 뭡니까? 육지가 보이는 바답니까?"

"뻥이지, 뭐. 들통 났잖아?"

세 사람이 한꺼번에 배꼽을 잡았다. 리강과 한을설은 어느 정도 웃다가 말았지만 오남철은 잘못하면 질식할 지경까지 멈추지 않았다. 눈물이 그렁그렁 맺힌 그의 그 긴 깔깔거림 끝에 병적인 정적이 차 안을 휘감았다. 그것은, 명백한 우울이었다.

"……어, 큼. 최열이가 의외로 낭만적인 데가 있나 봐? 자기는 총각이었는데 외동딸이 딸린 과부와 결혼을 했대요. 그러다 부인이 무슨 사고로 죽고 나서 의붓딸을 정부로 삼았다는 거야. 윤 실장 그 에미나이래다."

"네?"

한을설까지 깜짝 놀라고 있었다.

"소문만은 아닐 것이다. 왜냐? 여기는 남조선이거든. 하핫,"

리강의 감정이 미궁 속으로 빨려 들어갔다.

"리 부장. 자본주의는 화내는 게 아니야. 못 본 척하는 거지. 그럼 남조선에서 즐거울 수 있어."

벤츠가 신호등에 파란불이 켜지기를 기다리고 있었다. 리강은 68식 권총을 만지작거리며, 21세기의 서울 한복판에서 끝이 보이지 않게 줄을 서 있는 멸망한 왕국의 허기진 신민들을 바라보았다. 리강은 자문했다. 나는 아무것도 아닐 수 있는가? 오남철이 슬며시

좌석에 등을 기대고 눈을 감았다. 갑자기 리강의 얼굴이 일그러졌다. 본색이 가려진 적의 칼끝이 다녀간 왼쪽 옆구리가 욱신거렸던 것이다.

11

벤츠는 한강변을 달렸다. 윤상희는 이해하기 어려운 인연이 제 삶에 끼어든 것 같아 심란했다. 우연치고는 집요한 구석이 없지 않았던 것이다. 윤상희는 평범한 여자들처럼 살아가고 있지 못했기에 뚜렷한 우연보다는 희미한 운명에 더 민감하였다. 윤상희의 인생을 상상조차 할 수 없는 방향으로 몰고 간 그 두 차례의 운명도 지금 그녀가 버거워하고 있는 이 느낌으로 찾아왔었다.

조명을 받아 아름다운 철교 위는 밤하늘 외에 아무것도 보이지 않았다. 생각하지 말자. 그럼 그냥 지나가 버리는 것이다. 윤상희는 애써 스스로를 그렇게 다독였다.

……최 회장의 여자라고 노출된 나를 납치해 그를 곤궁에 빠뜨리려는 세력의 소행으로 봐야 타당하다. 그들의 목적은 사업상의 이득이 아니라 최열의 최후일 것이다. 최 회장을 약간이라도 파악하고 있다면 끝까지 갈 각오를 하지 않고서야 그런 도발을 시작했

을 리가 없다. 대담하고 무서운 자들이다.

……리강은 그 괴짜 약장사와 안면이 있는 것 같았는데 허접한 물건들에 취미가 있어서가 아니라 필경 레드아이를 사러 들렀다가 우발적으로 나를 구해 준 것일 게다. 같은 조직원들끼리 못 알아볼 리 만무하니 대동강은 아니다. 누굴까? 그들을 누가 조종하고 있는 것일까?

윤상희는 어젯밤에 자신을 데리러 H 지역의 교회로 왔던 것을 장용수가 최열에게 보고하지 못하도록 하였다. 그리고 그 전까지 벌어진 일들에 대해선 함구했다. 정작 장용수는 아무것도 묻지 않았으며 뜬금없다는 표정조차 짓지 않았다. 그는 흡사 기계처럼 도무지 감정이 없는 남자였다. 어찌됐건 윤상희는 장용수가 아무래도 궁극적으로는 최열에게 종속되어 있다고 판단했던 것이다. 윤상희는 막중한 결정을 앞두고 있었다. 지난 수년간의 우유부단에 종지부를 찍어야 하는 마당에 그 어떤 변수도 끼어들어선 안 되었던 것이다.

내내 눈을 감은 채 침묵하던 최열이 입을 열었다.

"네가 상대를 읽는 순간 상대도 너를 읽는다는 생각을 해야지."

윤상희가 심상치 않은 것을, 최열은 그녀가 오남철을 부담스러워하고 있는 탓이라 여겼다.

"괜찮아. 읽히라고 보낸 거니까. 읽혔으면 된 거야. 대신 너도 읽은 게 있잖아? 신경 쓸 거 없어. 북한 촌놈들일 뿐이야."

"조명도라고 있어요. 3인자쯤 되는 인물이에요. 세세한 이유는 모르겠는데, 오남철에게 소외당하고 있는 것 같아요. 주목할 필요가 있어요."

"조명도는 정신없이 헤매는 놈일 뿐이고 리강이 몸통이야. 그자를 처리해야 돼. 그래야 개들이 부서진다."

"……."

리강, 이라는 소리에 장용수가 백미러로 최열을 보았다. 최열이 윤상희의 손 위에 자기의 손을 얹고 있었다. 오남철의 확신과는 달리, 겨우 그 정도가 그 둘의 육체관계의 전부였다. 최열은 늘 거기까지 선을 지켰고 윤상희는 그것을 지켜봤다.

장용수는 리강과 해후하게 된 것이 불쾌했다. 북조선에서의 리강은 장용수가 멀리서나마 닮고 싶어 하던 군인의 표상이었다. 아방궁 주차장에서 리강을 마주하며 장용수는 거울을 보고 있는 것만 같아 고통스러웠다. 리강의 눈은 예전의 눈이 아니었다. 자부심의 빛이 꺼져 버린 눈, 그 눈은 허무였다. 장용수는 일이 이대로 진행된다면 자기에게 리강을 제거하는 임무가 떨어질 수 있겠다고 짐작했다. 그렇다면 장용수는 리강을 주저 없이 죽이기로 결심했다. 자부심의 빛이 꺼져 버린 허무의 눈으로 자신을 응시하는 거울 속의 장용수는 사라져야 했기 때문이다.

윤상희를 향한 최열의 사랑은 속돼서가 아니라 도리어 성스러울 지경이어서 말썽이었다. 열일곱 살의 윤상희를 본 그 순간부터 최열은 달콤한 지옥에 빠져들었다. 이것이 윤상희에게는 첫 번째 운명이었다.

최열은 아내와 차 사고로 사별한 뒤 고등학교 졸업반인 윤상희를 미국에 유학시켰다. 그 아이를 완전히 떠나보내면 미칠 것 같았고 곁에 두면 망가뜨릴 것 같았기에 그 선택은 당시로서는 최선의 대안이었다. 그런데 대학원 진학을 앞둔 윤상희가 갑자기 6년 만에 귀국해 최열 앞에 섰다. 최열은 여인이 되어 있는 윤상희에게 놀랐고 조직의 사업을 맡겠다는 윤상희에게 더 놀랐다. 최열은 극구 만류했지만 윤상희의 의지는 완강했다. 최열은 윤상희에게 져 주었다. 그의 사랑은 더 이상 최선의 대안을 견딜 수 없었으며, 또 그녀를 가까이 편안하게 두고 바라볼 수 있는 다른 방도가 없었기 때문이다. 매사에 치밀한 최열이었지만 그에게는 차마 윤상희를 의심해 볼 여유가 없었다. 다루기 힘든 욕망 앞에서 정신없이 헤맨다는 게 원래 그렇다.

무리라고 예상했던 후계자 수업은 뜻밖의 결과를 낳았다. 윤상희는 잘 적응해 나갔을 뿐만이 아니라 대단한 성과들을 지속적으로 올렸다. 그제야 최열은 두려웠다. 이 아이는 내가 가질 수 없는 아이구나. 나는 이렇게 영영 바라볼 수밖에 없는 거구나. 그러나 최열은 자신의 터무니없이 성스러운, 사랑 같은 욕망을 후회하지 않았다. 그 달콤한 지옥이 인생의 유일한 의미였기 때문이다. 최열은 아내를 죽인 것도 후회하지 않았다. 그것이 윤상희의 두 번째 운명이었다.

12

조명도는 오히려 한층 과감하고 빠른 방향으로 계획을 수정했다. 작은 실패에 움츠러들 배짱이었다면 애초에 꾸어서는 안 되는 꿈이었으니까. 역경이 없는 혁명은 없는 법이니까. 그는 윤상희가 자신에 대한 납치 미수 사건을 최열에게 보고하지 않았다고는 생각할 수 없었던 것이다.

도대체 어떤 녀석이지? 햐. 억이 막히누만.

조명도는 그 기가 막히게 하는 어떤 녀석이 리강임을 아직 알지 못했다. 목수 브러더스도 마찬가지였다. 그 밤엔 칠흑 속에서 졸지에 당하느라 상대의 얼굴을 확인하고 말고 할 겨를이 없었다. 목수 브러더스는 오늘에야 리강의 사진을 조명도에게서 넘겨받았다. 조명도와 목수 브러더스는 이것저것 다 떠나서 그 대단한 싸움꾼께 꽃다발이라도 안겨 드리며 경의를 표하고 싶었다. 물론 그러고 나서 죽여 버려야겠지만.

그러다가 조명도는 목수 브러더스로부터 그 얄미운 배트맨이 왼편 옆구리와 왼쪽 손등에 가벼운 부상을 입었을 거라는 소리를 들었다. 그때 조명도의 뇌리에 불현듯 리강의 실루엣이 스친 것은 아까 아방궁에서 보았던 붕대를 감은 그의 왼손 때문이었다. 추리는 그렇게 낙엽에 취해 시를 쓰는 것처럼 출발했다. 이제 조명도는 평소에 리강이 H 지역의 그 거지에게서 레드아이를 구입한다는 사실을 상기했고 자기의 저 자랑스러운 비밀 병기들을 개망신 줄 수 있는 괴물이 과연 이 나라에 몇이나 될까 하는 의문을 지나 아방궁 주차장에서 서로 전류를 쏘아 대던 윤상회와 리강을 복기해 내기에 이르러, 가늘지만 사람을 목 졸라 죽일 수도 있는 피아노 줄 같은 개연성을 발견하고는 전율했다. 조명도는 시에 소질이 있었다.

그래. 어쩌면 얘기가 아주 재밌게 돌아갈 수도 있겠네. 만약 그렇다면 이거야 원, 가증스러운 연놈들이 아닌가. 최 회장뿐만이 아니라 우리 쪽도 서둘러 작업해 버리는 게…….

잠시 시인이자 탐정이었던 조명도는 깡패로 되돌아와 재떨이에 담배를 비벼 껐다.

그의 안가 집무실 창가에는 두 사내가 서 있었다. 한 명은 창밖을 멍하니 쳐다보고 있었고 다른 한 명은 링 퍼즐에 열중하고 있었다. 창밖을 멍하니 쳐다보고 있는 자는 두툼한 거즈로 왼쪽 귀 부분을 덮고 있었고 링 퍼즐에 열중하고 있는 자는 물을 마시러 갈 때 오른쪽 다리를 조금 절었다. 그 둘의 눈동자는 가만히 있는데도 가을 뱀의 그것처럼 차갑고 날카로웠다.

13

리강이 평양으로 떠나기 1일 전.

"을설이 오빠가 가엾어."

양미는 을설에 대한 걱정을 한참 늘어놨다. 형 한길수가 문 형사의 권총 오발로 유명을 달리한 후 신경질이 엄청 늘고 난폭해졌다며, 조만간 무슨 사고를 칠 것만 같다는 얘길 하다가 기어이 엉엉 울었다.

리강은 을설이 이남 청년 여섯 명과 한꺼번에 격투를 벌여 전부 아작을 내 놨던 것을 떠올렸다. 이남 청년들은 등판에 번호를 붙여 놓은 인민군복 상의에 힙합 반바지를 입은 채 농구를 하고 있었다. 개네들 길거리농구단 명칭이 인민군이라도 되었던 모양이지. 을설은 자신의 과거가 모욕당하고 있다고 느꼈을 것이다. 리강은 인사불성으로 술에 취해 토하는 을설의 등을 말없이 두들겨 줄 뿐이었다. 을설은 괴성을 지르며 통곡했다.

"양미야. 울지 마라."

"오빠. 얼른 돌아와서 을설이 오빠 꼭 붙들어 줘야 돼, 응?"

림병모가 기독교 신자가 된 것을 리강은 한을설로부터 은밀히 들어 알고는 있었다. 병모를 교회로 인도한 것은 양미였다. 서울이 고향인 그녀는 은좌의 호스티스이자 한을설의 애인이었다. 양미와 을설의 관계는 일화와 병모의 그것처럼 애매하거나 음침한 구석이 없었다. 왜 애인은 제쳐 두고 엉뚱한 남자를 전도했느냐는 질문은 가당치 않았다. 을설이 이남의 개신교를 얼마나 혐오하는지 약간이라도 눈치챈 자라면 양미가 그 앞에서 감히 예수를 들먹이지 못한 것에 당장 수긍했을 것이다. 기실 양미도 남을 천국의 문턱으로 바래다줄 만큼 독실한 신자는 아니었다.

너무 착해 빠져 손해 볼 것이 많게 생겨 먹은 오양미는 서일화와 친분이 두터웠다. 서일화는 은좌의 다른 이북 아가씨들과는 잘 어울리지 못했다. 당연했다. 평범한 이북 아가씨들끼리도 각자 자라온 환경의 차이라는 게 있으니까. 가령 함경도의 아파트들은 평양의 아파트들에 비하면 아파트가 아니었다. 호별로 나무를 때서 난방을 했고 1층에 있는 공동 화장실을 사용해야 했다. 평양은 북한 속의 외국이었다. 평양에 산다는 것부터가 특권이었다. 그러니 평양출신과 북조선의 타 지방 출신이 통일 이후 서울에서 함께 생활하고 있다 해도 사고방식이 같을 수는 없었다. 하물며 초특권층이었던 서일화의 경우에야.

서일화는 북조선의 보통 여성들이라면 예외 없이 시기할 만한 대상이었다. 이남에서도 주가가 높은 그녀의 미모를 얘기하는 게 아니다. 북한에는 다이어트란 개념이 없었다. 날씬하면 예쁜 것이 아니라 약한 것이었다. 북한은 외모와 학벌이 출중한 것보다는 정치적인 측면에서 질투가 집중되는 사회였다. 아버지가 당 간부 고위직이라면 엄청난 부러움을 샀다. 다름 아닌 서일화였다. 그런데 그랬던 그녀가 통일 조국에서마저 그 약한 몸으로 또다시 자기들보다 우등한 취급을 받으니 은좌의 꽃 파는 여성 동무들께선 내심 환장할 노릇이 아닐 수 없었다. 세상이 뒤바뀌었다는데도 계급적 상황은 여전했던 것이다. 그리고 어쩌면 예전의 그 계급적 불평등보다 현재의 이 계급적 불평등이 그녀들 입장에서는 더 화가 나는 것일 수도 있었다. 이러니 서일화에겐 이북 아가씨보다는 이남 아가씨가 친구로서 훨씬 편했을 터이고 그중 간택받은 게 남조선 깍쟁이라고는 믿을 수 없을 만큼 천사표 푼수인 오양미 양이었던 것이다.

"오빠."

"오빠라고 그러지 말고 부장님이라고 해."

"왜?"

"좀, 이상하다."

"뭐가? 내가 오빠를 오빠라고 부르는 게?"

"오빠라고 그러지 말라니까."

"나 참. 오빠가 더 이상하네."

"……"

"오빠. 강이 오빠. 오호호."

북조선에서는 혈육 관계가 아니면 오빠라고 부르지 않았다. 은좌에 처음 온 이북 아가씨들은 손님들을 애교 있게 오빠라고 부르는 것부터 훈련받아야 했다. 그리고 불러야 되는 게 더 있었는데 술자리에서는 일부러 혜은이의 「당신은 모르실 거야」라든가 최진희의 「사랑의 미로」 같은 오래전 노래들을 불렀다. 기쁨조니 미녀 응원단이니 하는 것들을 연상하며 음흉한 쾌감을 누려서였을까? 은좌의 손님들은 이북 아가씨들이 최신 유행곡보다는 그런 노래들을 불러 주는 것을 자지러지게 좋아했다. 최진희의 「사랑의 미로」는 김정일 국방위원장의 애창곡이었다. 그는 이 노래를 너무나 아낀 나머지 음악대학 성악과 졸업생들의 실기 시험용으로 채택시키기까지 했다. 다만 내부 사정을 고려해 출처는 외국 곡으로 표기했지만.

「사랑의 미로」를 북조선의 독특한 창법으로 부르는 서일화. 리강은 생각만 해도 구토가 쏠렸다. 김 주석이 조선 사람의 음색은 본래 아름다운데 고운 처녀가 쌕소리, 즉 탁성을 내는 것은 흉하다며 맑고 밝은 목소리를 지닌 사람만이 가수를 할 수 있다고 한 데서부터 발전한 그 가늘게 증발할 듯한 창법으로 이북 아가씨들은 통일 조국에서 「당신은 모르실 거야」를 불렀다. 당신은 모르실 거야. 내가 오빠라고 부르는 당신은 지금 이 노래를 부르는 나를 모르실 거야. 나랑 아무리 놀아도 내가 어떤 나라에서 살았는지 모르실 거야.

"아아, 가엾은 우리 을설이 오빠."

"허. 난 안 가엾냐?"

"오빠? 오빠는 안 가엾지."

"왜?"

"오빠는 잘생겼잖아. 호호호."

"돌아 버리겠다."

"아냐. 우리 을설이 오빠도 잘생겼지. 그 정도면 괜찮지. 병모 오빠도 잘생겼고. 남 고문님도 잘생겼고, 평관이 오빠도."

"……."

"어마. 그러고 보니 내 주변엔 온통 미남자들뿐이네? 내가 너무 예뻐서 그런가?"

양미와 같은 의외의 이남 여자를 보면 리강은 만감이 교차했다. 인간의 되바라짐과 사악함은 체제가 결정하는 것이 아니라는 자각 때문이었다.

리강은 생각했다. 사람은 어느 시대 어디서건 제 천성과 욕망에 따라 다분화되기 마련이다. 체제가 인간을 가두고 억압할 수는 있어도 창조할 수는 없다. 왜냐. 인간은 이미 몇만 년 전에 이 지경으로 창조됐기 때문이다. 아주 먼 미래에 진화가 되어 인간의 귀가 당나귀 귀가 되고 인간의 코가 코끼리 코가 된다 한들 그것이 인간이 맞다면 보이지 않는 욕심 주머니는 영원히 제거되지 않을 것이다. 갇히고 억압당한 인간의 시간은 일단 변한 척 응축되어 있다가 언젠가는 반드시 폭발한다. 그런 걸 부정하고 획일화하려 했으니 그 체제는 망하고 그 인간들은 기이하게 일그러져 버린 것이다. 그게 내 조국이고 그게 바로 나다.

리강은 기억했다. 북조선에도 매춘이 있었던 것을. 장마당이나 역전에서 화장을 짙게 하고 서 있던 여자들. 분칠하는 여자들이 흔치 않으니 도드라져 보일 수밖에 없었다. 흥정을 마친 남녀가 부근의 어느 집으론가 들어가 그 일을 치르고 나면 여자는 남자에게 돈을 받아 그중 일부를 장소 제공자에게 줬다. 창녀를 사는 부류는 주로 군인이나 외화 장사꾼이었다. 군인은 도둑질을 하고 외화 장사꾼은 외화 벌이를 하니 그나마 수중에 돈이 있었던 것이다.

리강은 궁금했다. 이북 여자들을 순진하다고 여기는 이남 남자들의 환상은 대체 어느 연구소에서 개발된 것일까? 어쩌면 여기에는 경제적인 측면 이외에 북남 통일이 후져진 것에 대한, 외외로 단순해서 맥이 풀려 버리는 실마리가 숨어 있을지도 몰랐다.

결혼에 꼭 당의 허락이 필요하진 않았다. 그러나 직장 상사가 반대하면 좀 힘들었다. 직장 상사가 직급과 당에서 주는 주택을 담당하고 있는 까닭이었다. 그래서인지 중매를 직장 상사가 서는 경우가 많았다. 최고의 데이트 코스는 대동강변이었다. 북조선은 석탄이 주 에너지원이었고 서방세계에서 생활 쓰레기를 들여오면서 달러를 챙겼다. 대동강의 오염도는 한강의 두 배가 넘었다. 그 강물을 바라보며 연애하자는 말은 결혼을 전제로 신중히 사귀자는 뜻이었다. 북조선은 아버지의 양권 카드로 식량이 지급되고 집도 아버지 이름으로 등록이 되니 가부장적일 수밖에 없었다. 하지만 식량난 극복을 위해 여성들이 가정을 벗어나 경제활동을 하면서부터는 스스로 마음에 드는 남자를 선택하는 사례가 전보다 늘어났다. 고난의 행군이 북조선 여성의 인권을 향상시켰다는 우스갯소리는 그래서 나왔다. 리강의 한 친구가 선을 봤다. 그런데 뒤에 도착하는 소문들이 매우 안 좋았다. 주변에서 그 여자는 바람 자주 쐬고 남자들을 세게 데리고 논 여자라며 말렸다. 친구는 결국 결혼을 못 하겠다는 의사를 여자에게 전했다. 여자에게서 답변이 왔다. 조선에는 새것이 없다. 너 같은 놈은 탁아소에나 가서 골라라.

리강은 또 기억했다. 북조선에도 온갖 범죄들이 들끓었던 것을. 지하철에는 절도단이 출몰하고 창광원 사우나에서 외국인은 구두부터 내의까지 싹 털렸다. 자동차는 한밤중 길가에 세워 두면 미러와 오디오 정도가 아니라 타이어까지 없어졌다. 평양에서조차 밤 10시가 넘으면 혼자서 외출하지 않는 것이 현명했다.

심지어는 조폭까지 있었다. 당에서 지정해 준 직장에서 일을 하지 않으면 월급을 받을 수 없고 특별한 사유가 없는 장기 결근자는 재교육 시설에 수용되기 때문에 그들은 퇴근 후에 활동했다. 건설 작업 현장에 동원되는 돌격대 청년들 역시 밤이면 조폭으로 돌변했다. 주로 지방에서 온 장정들인데 그 고장 조폭들과 서로서로 의형제를 맺는 바람에 사회안전원들도 단속을 꺼렸다. 사회안전원이 직무를 마치고 사복 차림이 되었을 적에 그가 구속한 자의 동료들이 나타나 보복을 했던 것이다. 이러니 조폭들은 기고만장하여 노선버스를 정류소가 아닌 곳에 세우기가 일쑤였고 운전사가 이를 거절하면 유리창을 부수고 폭력을 일삼았다. 그런 그들도 노동당 간부의 벤츠만은 건드리지 않았다. 만약 그렇게 하면 사회안전부가 아닌 보위부가 개입하게 되었다. 단순한 형사사건이 아니라 배후에 어떤 정치 세력이 있는 것으로 간주되기 때문이다. 일반 형사범은 수용소에 들어가 언젠가는 살아서 나올 수 있지만 정치 사상범은 완전 통제구역에서 평생을 썩어야 했다. 북조선의 조폭들은 이러한 상황 논리를 잘 이용했다. 또 김정일 국방위원장의 선군 정치가 시작되면서부터 북조선은 군인들의 세상이었다. 군인들이 사회를 장악하고 참담한 횡포를 부려도 그저 황망할 따름이었다. 백주 대낮에 사민이 인민군들에게 집단 구타 당하는 풍경은 그리 낯선 것이 아니었다. 변경에서는 장교가 하전사에게 중국으로 건너가 물건을 훔치게 했다.

요컨대, 리강이 보기에 이남 사람들은 이북 사람들에 관해 이것·저것 알고는 있었지만 제대로 알고 있는 것은 별로 없었다. 왜일까? 이북 사람들을 자기 자신처럼 생각해 보지 않았기 때문이다. 똑같은 인간이라고 생각하면 자연스레 여러 의문들이 발생하고 차후 그것들을 찬찬히 분석해 보면 되는데 이남 사람들은 통일 이전에도 통일 이후에도 그러지를 않았다. 다를 것 없는 인간의 실체를 보지는 않고 보고 싶은 것들과 보기 싫은 것들만 보았다. 순진한 이북 여자가 전자에 속하고 무서운 이북 남자가 후자에 속하였다. 그것들은 과학적 사실이 아니라 사실을 에워싼, 변덕보다 못한 감정이었다.

북조선 남자들은 고등학교 졸업 후 10년가량의 혹독한 군 복무 기간 동안 휴가가 없었다. 단 한 번, 말년에 휴가가 14일 정도 있기는 했으나 못 찾아 먹는 경우가 허다했다. 열일곱 살 즈음에 집을 떠나 서른 살 무렵까지 전투 기계가 되어 고향에 못 돌아가니 가족의 정을 느낀다는 것도 요원했다. 진짜로 여자 손목 제대로 못 잡아 본 남자들이 수두룩했다. 이런 사내들에게 축적된 스트레스와 폭력성이 과연 어떠한 것인지에 관한 데이터가 통일 정부에는 전혀 없었다. 이북 남자들이 강간 사건을 많이 일으키는 것은 그들이 짐승이어서가 아니라 성에 무지하기 때문이었다.

"오빠. 평양에서도 을설이 오빠한테 전화 자주 하고요. 자, 새끼

손가락. 약속."

　"양미야. 부탁이다. 오빠가 아니라 부장님이라니까."

14

　이북 사람들이 이남에서 성공하는 데 있어 가장 큰 걸림돌은 당장의 가난이 아니라 사회주의 사회의 습성이었다. 북한 사람들은 남한 사람들에 비해 개인의식은 미약한 반면 집단주의적인 성향이 지독히도 강했다. 스스로 결정하고 책임지기보다는 남에게 의지하고 결과가 안 좋으면 회피하는 경우가 허다했다. 이것은 비단 북한 사람들에게만 해당되는 문제가 아니었다. 사회주의 국가에서 성장한 인격이 갑작스러운 체제 붕괴로 인해 시장경제의 냉혹한 현실에 내몰렸을 때 일반적으로 드러나는 징후였다. 국가 같은 거대 조직이 조장하는 권위주의적 환경에서 자란 사람들은 자기 욕망의 표현 방법을 제대로 습득하지 못한다. 그들은 자신이 진정으로 원하는 바가 무엇인지 알기 어렵고, 주로 자기보다 높은 자의 명령을 따르고 그의 기대를 충족시키는 것에서 행복과 존재감을 부여받는 경향이 농후하다. 삶에서 자아가 소외되는 것이다. 이런 이들에게 완전

한 자유란 곧 공포다.

　게다가 북한은 여타 사회주의 국가들과 나란히 전시해 놓기가 창피할 만큼 권위적인 체제였다. 고래의 유교 문화, 해방 이후 들어온 공산주의, 김일성 부자의 주체사상, 또 거기에 쇄국정책으로 말미암은 바깥 세계에 대한 인민들 각자의 무지함까지, 아, 정말, 이보다 더 권위주의적일 순 없다, 였다. 그러니 가령 동독이 서독에 흡수통일된 뒤 동독인들이 맞닥뜨려야 했던 한계와 절망은 북한이 남한에 흡수통일된 뒤 이북 사람들이 겪고 있는 그것에 비하면 그야말로 개 발바닥의 땀띠였다.

　정신적 공허는 내면에서 그치지 않고 외면으로 구체화된다. 가볍지만 근본적인 예로, 이북 사람들은 초면이라도 직업과 직급을 꼭 묻고 난 다음에 대화를 시작하곤 하였다. 상대의 위상에 따라 처음부터 자신의 태도를 설정하려는 것이다. 사회주의형 인간은 전체 속에서 불이익을 당하지 않기 위해 끊임없이 눈치를 살피거나 남과 스스로를 비교하고 더 나아가 인정과 애정을 요구한다. 이러한 욕구가 충족되지 못할 경우 사태가 좀 심각해지는데, 불안과 두려움뿐만 아니라 유사 집단을 형성해 타인을 까닭 없이 공격하는 반응을 나타낸다. 물론 여러 가지 복잡한 원인들이 얽혀 있긴 하지만 이북 사람들은 실업의 탓을 엉뚱한 데로 돌렸다. 얼마 전까지 공산주의자들이었던 이북 사람들이 버젓이 극우파가 되어 외국인 노동자들을 무시하고 해치는 웃지 못할 사건들이 벌어졌다. 동족인 이남 사람들로부터 안정을 얻길 바랐으나 그것이 좌절되고 그러한 감정을 적절히 토로할 길도 막히자 외국계 이민자들을 희생양 삼아 열

패감을 해소하려 했던 것이다. 통일 이후 수많은 외국인 노동자들이 통일 대한민국이 살벌한 나머지 떠나고 있었다. 하지만 이남의 기업가들은 이북 노동자들보다 외국인 노동자들을 훨씬 선호했다. 이북 사람들이 일을 잘하고 부지런할 것이라는 예상은 허상이었기 때문이다. 이북 사람들은 일일이 시키지 않으면 결코 움직이지 않으며 건성건성 시간을 때우기가 일쑤였고 전혀 창조적이지 못한데 고집만 셌다. 기업가들은 통일 전에도 탈북자가 하나원 수료 뒤 취직하면 특별한 기술이나 자격증을 갖고 있지 않은 제 처지는 안중에도 없이 사회주의 특유의 평등 의식을 발동해 화이트칼라와의 임금 격차에 울화통을 터뜨리고 직장을 뛰쳐나갔던 것 등등을 회상하면서 끌끌 혀를 찼다.

통일 대한민국은 이북 사람들에게 뼈아픈 상실 그 자체였다. 따뜻한 남쪽 나라의 동포가 미리 건설해 놓은 자본주의에 편입만 하면 언젠가는 그들과 마찬가지로 부를 누릴 수 있을 거라는 희망은 여지없이 무너졌다. 이남 사람들은 이북 사람들을 게으르고 경쟁력이 없는 인간이라고 모욕했다. 이북 사람들은 이남 사람들이 거만하고 인색하다며 비난했다. 이북 사람들은 자신들이 통일 대한민국의 국민이 아니라 지금은 유령이 되어 버린 조선민주주의인민공화국의 인민일 뿐이라고 생각하게 되었다. 미루어 대강 짐작은 하고 있었지만, 이북 사람들과 이남 사람들은 서로가 달라도 이토록 처절하고 이 갈리게 다를 줄은 미처 몰랐던 것이다.

리강이 평양에서 돌아오기 13일 전. 북조선 말로 인물 심사, 즉 면접은 땅굴 1호에서 진행되고 있었다. 심사 위원은 조명도와 남기정이고 지원자 역시 두 명뿐이어서 분위기는 단출하였다. 외부에서 1차 면접을 마친 자들은 광복빌딩으로 들어와 2차 면접을 통과하면 대동강 단원으로 선발되거나 은좌에서 웨이터, 요리사, 잡역부 등으로 근무했다. 불합격 처리된 2차 면접 대상자들은 비밀 유지를 위해 전원 죽여 땅굴 2호의 대형 화덕 속에서 태워 버렸다. 누군들 진짜 그런 각오이겠냐마는 1차 면접에서부터 이미 죽을 각오가 된 자들만 뽑는 것이 상례였다. 이러니 영광스러운 합격 이후, 배신이라든가 탈퇴는 만약 발생한다고 해도 애초에 있는 게 아니었다. 즉각 살해한 뒤 소각했다.

"남 교수. 노력을 더 줘야 할 곳이 어디요?"

"웨이터도 부족하고 단원도 필요하기는 한데……."

"혁신자가 되겠습니다. 뭐든 시켜만 주십시오. 충성을 다하겠습니다."

혁신자는 개혁을 하는 자가 아니라 직장에서 열심히 일하는 자를 뜻했다. 노력을 더 줘야 할 곳은 인력을 보충해야 할 곳이고.

떠날 수 있는 이북 사람들은 대부분 이북을 떠났다. 특히 이남에서의 풍요로운 삶을 열망하는 이북 젊은이들이 고향을 많이 등졌는데 이들은 이북 사회의 재건을 위해 꼭 필요한 재원들이었다. 바야흐로 이북은 물질만 황폐한 것이 아니었다. 불모는 보통 그런 식으로 고질이 되기 마련이고, 희망이 없다고 간단히 표현되곤 한다.

"충성은 말이 아니라 실력으로 하는 거야."

"……."

"전자 음악단 하면 잘하겠구나, 야."

이 30대 초반의 서상옥이라는 사내는 예술 영재 교육을 담당하는 금성학원의 소학반 음악 교사였다. 「휘파람」을 부른 가수 전혜영이 그 학교 출신이다. 그래서 조명도에게 저런 소릴 들은 것이다. 전자 악단은 룸살롱 반주 밴드의 은좌식 은어고.

북조선의 인물 심사는 구색 맞추기일 뿐 당에서 직접 일자리를 배치해 줬다. 이력서에는 자기소개서인 자서전은 물론 세밀한 친인척 관계까지 다 포함되어야 했는데 충성도를 점검하는 서류는 당에서 따로 관리하지 개인이 가지고 다닐 수 없었다. 또 자서전은 수정 방지를 위해 글자와 글자 사이가 촘촘해야 했다. 조명도는 세상 참 많이 좋아졌다고 생각했다.

"이봐, 서상옥이. 넌 제대증이 없어."

"예술가라 그렇습니다. 공로가 다분해 당증이 있습니다."

북조선에서는 성인 남자의 경우 제대증과 조선노동당원증이 있어야 사람대접을 받았다. 그 하염없는 군 생활이 아깝지 않은 때가 바로 당증을 발급받는 날이었다. 한 달 후에나 겨우 도착할 것을 알면서도 집에 편지를 쓰고 며칠 밤을 가슴이 뛰어 못 잤다. 노동당원에게 당증은 생명만큼 소중했다. 만일 분실하면 당원 자격을 박탈당하든지 당원 후보로 격하돼 버렸다. 노동당원 수는 약 330만 명으로 과거 북한의 총인구가 2200만 명가량이니까 다른 구 사회주의 국가들과 비교해 꽤 높은 수치였다. 이렇게 되면 당원인지 아닌지를 서민들이 상당히 의식하게 된다. 당원증은 그야말로 피부에서 떨어지지 않도록 지니고 다녔다. 수첩 모양의 당증을 비닐 케이스에 넣어서 그 양쪽에 고무줄을 달아 속옷 위 한쪽 어깨에서 다른 편 겨드랑이 아래로 걸치는 사람들도 있었는데 목욕할 때를 제외하고는 벗지 않았다.

"그 바닥 망태기 쓴 지가 언젠데 아직 당증 타령이니? 새 시대에 걸맞은 새 인물이 돼야지, 웬."

"……."

대동강은 무엇보다 군사 경험이 있는 제대군인들을 구성원의 필수 조건으로 삼았다. 이대로라면 서상옥은 죽은 목숨이었다.

나머지 지원자는 거지꼴의 깡마른 소년이었다. 웨이터로 삼으라고 세포들이 골라 보낸 거였다. 이북 남성들은 군복무 기간이 너무 길어서 좀 쓸 만하다 싶으면 나이가 기본으로 서른 이상이었다. 웨이터가 늙수그레해 은좌 손님들이 부담스러워한다는 의견이 반영된 조치 같았다. 아무리 그래도 그렇지 기껏 웨이터에 적합하지 않다는 이유로 열일곱 살짜리를 화장해 버린다면 영 찝찝한 노릇이 아닐 수 없었다.

그런데 의외의 상황이 벌어졌다. 소년이 대동강 단원이 되고 싶다고 거듭 주장하는 거였다. 하도 어이가 없고 맹랑한지라 조명도와 남기정은 한 100년 만에 함께 폭소를 터뜨렸다.

"고향이 어디냐?"

"부모님은 함경도시고 저는 평양에서 나고 자랐습니다."

"성분은 양호하구만."

국경 근처 황해도 일대에는 한국전쟁 때 한국 편이었던 사람들이 많았다. 그런 자가 친척 중에 하나라도 있으면 적대 계층으로 분류됐다. 북조선에서 황해도 출신은 출세 못 한다는 말은 그래서 생졌다. 당국은 황해도의 불온한 자들을 낭림산맥이 연이어져 있는 자강도나 양강도, 함경북도 산속으로 이주시켜 버렸을 뿐만 아니라 식료나 의류 배급 등에 있어서 냉대를 계속했다. 따라서 이 지역들의 민심은 흉흉하기가 그지없어 군대조차 야간 정찰 시 자동소총의 안전장치를 해제했다. 완전무장한 병사 세 명이 한 조로 이동하는데도 위협을 느꼈기 때문이다. 이와는 대조적으로 38선에서 멀리 떨어진 함경도 출신들은 한국전쟁 때 김일성 주석 편에 서서 끝까지 싸웠다. 그 덕에 함경도 마피아라는 것이 형성되었는데 당 간부를 차지하는 비율이 평양시에서는 70퍼센트, 북조선 전체로 따지면 절반이 넘었다.

"목숨을 바칠 수 있습니다."

"고놈 거, 우람차구만."

남기정은 사형 게임과 다름없는 인물 심사가 역겨워 전권을 조명도에게 맡길 요량이었으나 두고 보자니 이것만은 진짜 아니다 싶어 끼어들 수밖에 없었다.

"말도 안 되는 소리 그만해라. 접대원을 시켜 주마. 돈 많이 번다. 여기 손님들은 시시한 인사들이 아니야. 한 달 팁이 웬만한 직장인들 곱절은 될 거다."

"돈보다는 단원이 되고자 하는 각오입니다."

땅굴 2호 안이 잠잠해졌다. 아, 제 무덤을 파고 있는 이 아이를 어떡해야 하나. 남기정은 난감했다.

조명도가 불쑥 내뱉었다.

"김동철이. 너 국민증 없지?"

"네?"

"통일 정부 주민증 말이야."

"없습니다."

순간, 조명도와 소년을 번갈아 보는 남기정의 눈매가 파르르 떨렸다.

통일 대한민국 정부는 조선민주주의인민공화국 인민들의 전부를 주민등록화하는 데에 실패했다. 북한은 통일 당시 이미 국가로서의 기능이 마비된 상태였다. 난민들투성이었고, 관공서 방화가 비일비재해 아날로그가 정보 시스템의 대부분이던 처지에 공문서들이 대량으로 소실되었다. 그것을 통일 정부가 회복하고 정리해야 했지만 혼란 속에서 잘 이루어지지 않았을 뿐더러 나중에는 아무리 홍보를 해도 일부러 주민등록을 하지 않는 이북 사람들이 있었다. 근대적 기록이 부재한 국민들, 이른바 대포 인간들이 그들이었다. 주민 번호도 없고 사진도 없고 지문도 없다. 물증이 존재하지 않는 대포 인간들은 추적이 불가능한 허깨비들이었다. 디지털 강국을 자랑하던 대한민국은 통일 이후 국민 정보 관리에 관해서는 후진국이 되어 버렸다. 경찰이 용의자를 잡아 놓고 묻는다. 너는 누구냐? 이력을 확인할 기준이 없는 인간의 자백은 사실이 아니라 의혹에 불과했다. 자본주의의 어둠이 이러한 우수 인력들을 가만히 놔둘 리가 없었다.

운이 좋았다. 음악 교사는 웨이터가 되었다. 유약한 동안이 그를 살렸다. 소년도 웨이터가 되었다. 불만이 많은 것 같았지만 더는 들이대지 않았다.

조명도가 먼저 자리를 뜬 뒤 남기정은 양평관을 불러 서상옥을 은좌로 데리고 가라고 했고 소년은 남겨 두었다.

남기정과 소년 사이에 어색한 침묵이 흘렀다. 남기정은 소년을 다시금 찬찬히 훑어보았다. 수재들 중 수재들만 다닌다는 평양 제1중학교에서 공부하던 아이였다. 추레한 차림새 속에서도 고개를 드는 총명함은 어쩔 수 없었다. 남기정은 굳이 캐묻지 않았지만 이 자존심 강하고 영특한 소년이 그간 온갖 고난 속에서 깊이 상처 받았다는 것을 알 수 있었다. 남기정은 소년이 안쓰럽고 불안했다.

"학교는 언제 그만뒀니?"

"2학년 다니다 말았습니다. 통일되자마자요."

북조선에서는 보통 일곱 살에 4년제 인민학교에 들어갔다.

"이거 받아라."

남기정은 와이셔츠 가슴 주머니에 꽂아 두고 있던 만년필을 소년에게 건넸다. 리강이 영어를 가르쳐 준 것에 감사하며 선물한 몽블랑이었다.

"이게 뭡니까?"

"몰라 물어? 일할 때는 모자를 꽁무니에 쓰고 일 없을 때는 대가리에 쓰는 거지."

혼자 웃는 남기정을 소년이 응시했다. 남기정은 이내 민망해졌다. 소년은 농담이 통하기에는 너무 진지했다. 농담이 너무 유치했을 수도 있지만.

"언젠가는 모든 것들이 많이 달라질 거다. 원주필처럼 쓰다가 버려지는 인물이 되지 말고 만년필처럼 두고두고 쓰이는 인물이 되라는 뜻이야. 웨이터 하면서 틈틈이 공부해라. 너는 평양 제1중학교 학생이었잖니. 네 자질이면 여기서도 충분히 성공할 수 있다."

소년이 만년필 쥔 손에 힘을 주었다.

"고문님께서는 정말 김일성종합대학교 선생이셨습니까?"

"그래. 그랬다."

"뭐가 달라진다는 겁니까?"

"뭐?"

"언젠가는 뭐가 달라질 수 있다는 겁니까?"

남기정은 아득해져 대답을 할 수가 없었다. 언젠가는 모든 것들이 많이 달라진다? 정말 스스로도 그렇게 믿고 있는지 의심스러웠던 것이다. 남기정은 안면이 화끈 달아올랐다.

남기정은 소년을 이끌고 광복빌딩 1층으로 올라왔다. 복도를 걷는데 정면에서 장군도령이 혼자 걸어오고 있었다. 또 술을 마시러 온 모양이었다. 남기정은 장군도령에게 인사를 했다. 오남철 아래 모든 대동강들은 누구나 그래야 했다. 심지어 뒤에서는 그렇게 욕을 해 대는 조명도조차도 속은 쓰리겠지만 장군도령에게 어설픈 목례를 했다. 오남철의 방침은 무조건 받들어야 했기 때문이다. 그 지시를 어기고 장군도령을 소 닭 보듯 하는 자는 리강밖에 없었다.

두 소년의 눈빛이 부딪쳤다. 기묘한 공기가 그 주위를 가득 메웠다. 고급 실크 양복을 빼입고 머리는 기름을 발라 뒤로 넘긴, 사후 세계를 부정하는 사회주의 국가 한복판에서 신 내림을 받은 무당 소년과 떡이 진 머리에 거지꼴을 하고 해진 운동화를 신은, 세상에 대한 미움이 마음의 기둥을 녹여 버린 평양 제일의 수재 소년이 마주했다.

장군도령이 멈춰 서서 동철을 뚫어지게 보았다. 동철은 장군도령의 마성에 밀리지 않았다.

정적.

장군도령의 눈동자 안에서 희고 고요한 소용돌이가 일었다. 동철의 심장이 미세하지만 무겁게 흔들리고 피가 부글부글 끓어올랐다.

정적.

장군도령은 표정이 약간 씹히는 듯싶더니 피식, 웃고는 동철의 어깨를 스쳐 지나갔다.

동철은 장군도령을 뒤돌아보았다. 장군도령이 긴 복도의 중간쯤에서 옆 복도로 모습을 감췄다.

"저 애는 누굽니까?"

"무당이다."

"무당요?"

"그래."

"왜죠?"

"무당이 되는 데 무슨 이유가 있냐? 북조선에서부터 무당이었다."

"아니요."

"……."

"무당 따위에게 인사를 다 합니까?"

남기정은 소년이 버거웠다. 뭔가 불길하고 뭔가 슬펐기 때문이다.

15

리강이 평양에서 돌아온 지 3일째.

알몸의 윤상희가 슬립을 입었다. 리강은 침대에 모로 누워 있었다. 윤상희가 냉장고 문을 열었다. 그 밤의 가로등 불빛이 리강의 눈동자를 물들였다. 윤상희가 냉장고 문을 닫았다. 그 밤의 가로등 불빛이 리강의 눈동자 안에서 사그라들었다. 하루 새에 모양이 바뀐 그녀의 긴 머릿결이 리강의 가슴을 쓸어내렸다. 이선우에게서 레닌의 어금니를 건네받던 그녀와 오남철 앞에 앉아 포도주 잔을 비우던 그녀. 두 명의 윤상희는 하나로 겹쳤다가 이내 다시 둘로 갈라졌다.

붉은 주단 조각을 접어 내 왼손을 싸매 주던 그녀와 최열의 정부인 그녀는 정말 동일한 인물일까? 여자가 캔 맥주의 꼭지를 땄다. 아는 자들이었나? 맥주 거품이 튀어 올랐다. 그게 궁금해요? 날 알고 있었겠죠. 여자가 캔 맥주를 입에 대고 턱을 들었다. 여자의 목이 울고 있는 자의 어깨처럼 들썩였다. 사람 귀를 모으시나요? 왜 날 따라와 구해 줬죠? 여자가 침대에 걸터앉은 알몸의 리강에게로 다가왔다. 얼음처럼 차갑던 그녀의 손. 우린 여기서 그냥 헤어지면 다신 볼 일이 없어요. 다신 볼 일이 없어요. 리강은 혼미했다.

"자기는 내가 자길 사랑하는 거 알아?"

"……."

홍혜숙이 마시던 캔 맥주를 내밀었다. 리강은 고개를 저었다. 시내의 한 모텔이었다.

"아냐고. 자길 사랑하는 걸."

"……나 같은 놈이 왜 좋은데?"

"……뭐, 불쌍해서. 안돼 보여서."

"그럼 사랑은 아니네. 그 물건이 뭔진 모르겠지만."

"사랑이야. 사랑이라고 외워."

"자기라고 부르지 마라."

"왜?"

"이상하다."

"나 참. 자기가 더 이상하네."

"……양미 말이야."

"양미?"

"그 애 교회 다니면서 약 끊었다며? 병모도 걔한테서 예수를 소개받았다던데?"

"걔 변한 거 아냐. 약은 잠깐 방학한 거야. 인간이 어디 쉽게 변하나. 어벙한 년. 쫓아낼 거야."

"그러지 마라. 착하잖아."

홍혜숙이 둥근 탁자 옆 의자에 앉아 담배를 피워 물었다.

"착해요? 개뿔. 모자라서 제멋대로 사는 게 착한 거야? 그런 게 착한 거면 나도 당장 약 먹고 착해지겠네. 내가 이젠 나이가 들어서 감이 떨어졌나 봐. 어디서 그런 걸 주워 와 박아 놨는지 몰라. 술만 취하면 손님들한테도 전도를 한다니까. 술이 안 취했을 때는 안 해요. 걔는 전도하는 게 주사야, 주사."

"……."

"그뿐인 줄 알아? 손님을 졸라서 2차를 나가요. 가게 품위 떨어져서 내가 얼굴을 들 수가 없어."

"양미가 그래?"

"오죽하면 고 반장네 애들이, 아, 관두자, 관둬. 내 입이 더러워진다. 걔가 그러면서 교회 열심히 다니는 거야."

"을설이도 알아?"

"을설 씨는 양미가 뭘 하든 신경 안 써. 방목이야. 방목. 하긴 그 사람이 그러니까 양미가 일부러 더 그러는지도 모르지. 매우 지적인 커플이야?"

"……후우. ……장군도령은 요즘도 은좌에서 그렇게 놀아?"

"그 소년 많이 힘든가 봐?"

"어린놈이 주색잡기 하니까 체력이 달리겠지."

"자기는 공산당이어서 잘 모르는구나? 무당은 무당답게 살아야 건강한 법이야. 몸과 마음 정갈히 하고 정성스럽게 사당 차려 놓고. 매일매일 조석으로 치성드리고. 사람들 한을 풀어 줘야 무당이지.

그렇지 않으면 모시는 신이 노해서 원인 없이 막 아프고 그런다구. 능력도 흐려지고. 계속 그렇게 귀신한테 개기다간 잘못함 죽어. 장군도령 개 아프니까 자꾸 술 먹는 거야. 무당이 무당처럼 못 사니까 그러는 거라구."

"……."

"댁들이 사람들 한을 풀어 주는 악당들은 아니잖아?"

"……음."

석 달 전쯤인가. 은좌에서 대동강의 회식 뒤풀이가 있었다. 조명도는 꿍짝, 꿍짝, 송대관의 「네 박자」를 지나치게 열심히 불렀다. 북조선에서 유행하던 곡이었다. 김덕곤은 조명도 곁에서 손바닥이 가루가 되도록 박수를 쳤다. 병모는 피곤한 안색으로 술만 들이켰다. 남기정을 끌어안은 을설은 단원들 사이를 이리저리 헤집고 다니며 춤을 췄다. 웃통을 깐 양평관은 양주 병을 들고 테이블 위로 올라가 흐느적댔다. 이북 아가씨들도 신나게 어울렸다. 그들에게는 그러한 시간이 이남에서의 기이한 생활과 번뇌를 잠시나마 잊게 해 주는 흔치 않은 즐거움이었을 것이다.

불쾌해진 리강은 룸을 나와 화장실로 갔다. 소변을 누고 세수를 한 뒤 거울을 보았다. 리강은 그렇게 부하들과 허물없이 지낼 때면 마치 예전에 인민군대에서 충성스러운 하나가 되어 조국을 지키던 자부심이 되살아나는 듯한 착각에 빠지곤 하였다. 그러나 그것은 결국 처연한 자위 행위에 불과했다. 거울을 마주하면 어김없이 명예롭지 못한 현실이 리강을 조롱했다.

그때 뒤에서 콰당, 하며 칸막이 문이 활짝 열렸다. 장군도령이 무릎을 꿇고 엎어져 있었다. 은좌의 다른 룸에서 또 혼자 만취했던 것이다.

리강은 못 본 척할까 하다가 문득 측은지심이 발동해 장군도령을 일으켜 세워 주려 하였다. 장군도령이 리강의 손을 뿌리치고는 칸막이 안쪽으로 넘어지듯 들어가 좌변기 뚜껑 위에 앉았다. 그늘 같은 어둠이 고개를 숙인 장군도령을 덮었다.

괜찮냐?

끔찍한 일이 벌어질 것이야.

리강은 깜짝 놀랐다. 그것은 아주 오래전에 돌아가신 할아버지의 음성이었기 때문이다. 아프리카 밀림까지 가서 산전수전 다 겪은 백승 전사의 강철 심장은 그 자리에서 곧바로 얼어붙어 버렸다. 장군도령이 얼굴을 들었다. 리강은 하마터면 소리를 지를 뻔했다. 장군도령이 할아버지의 표정을 짓고 있었던 것이다.

강이야. 강이야.

긴 세월 동안 꼭꼭 감춰 두었던 감정의 실타래에 불이 붙어 버린 것 같았다. 리강은 허리를 애써 곧추세웠다.

어쩌니 강이야. 너는 너를 죽일 것이야. 어쩌니 강이야. 너는 너를 죽일 것이야. 모두 다 죽는 거야. 모두 다.

그리고 장군도령은 앞으로 쓰러졌다. 푸른색 타일 바닥에 짓눌린 장군도령의 입안에서는 동백꽃 같은 피가 흘러나왔다. 리강은 웨이터들을 호출해 장군도령을 병원으로 실어 가게 했다.

리강은 얼이 나가 은좌의 로비 소파에 혼자 앉아 있었다. 을설이 리강을 찾아왔다.

부장님 여기서 뭐하십니까? 지금 애들 발가벗고 난리도 아닙니다. 재미납니다.

리강은 멍하니 룸 안으로 끌려 들어갔고, 반 발광을 하는 대동강들과 이북 아가씨들 속에서 말없이 대취해 결국 을설에게 업혀 귀가했다.

며칠 뒤 회의실에서 오남철과 함께 있는 장군도령을 마주했으나 리강은 차마 그를 따로 불러 그 해괴한 신비극에 관해 물어볼 수가 없었다. 지독한 치부를 들켜 버린 듯한 기분이었기 때문이다. 생각하지 말자. 그럼 아무 일도 없었던 것이다. 리강은 무시할 수 없는 것을 무시하고 있었다.

리강이 와이셔츠의 단추를 채웠다.

"자기야. 내가 속초 바닷가 출신이거든? 풍랑에 배가 뒤집혀서 어부들이 실종되는 일들이 잦았다고. 그럴 때 무당이 해변에서 굿을 해. 그러면 말이야, 수평선 저 너머에서 어부의 시체가 둥실둥실 떠온다니까? 난 어려서부터 그런 걸 자주 봐서 무속이 말짱 거짓말이 아니라는 걸 알아. 내 눈으로 직접 본 걸 어떻게 안 믿니? 나도 처음엔 황당했지. 애가 워낙 특이하기도 했지마는 북한은 사회주의 국가인데 웬 무당이 다 있나 하고. 오 단장한테 왜 장군도령이냐니까 을지문덕 장군을 모신 무당이래서 그렇대. 야아, 이거 쎄구나, 그랬지."

이북 사람들은 은행 거래에 익숙지 않았다. 북조선에도 조선중앙은행이라고 은행이 있기는 있었다. 이자는 분기별 추첨을 통해 지급했다. 일종의 복권 개념이었던 것이다. 개인 대출은 없었다. 기업이나 공장을 위한 대출만이 가능했다. 더 자세히 언급할 필요도 없이 북조선 인민들은 은행이란 데를 제집 구들장 밑보다 달갑게 여기지 않았다. 이런 마당에 통일 이후 원화 가치가 끝없이 추락하고 이남의 은행들이 연달아 도산을 하니 대동강들과 은좌의 호스티스들은 주로 달러를 모아 재래식으로 보관하는 경우가 많았다.

홍영조, 이길오라는 대동강의 두 놈이 장군도령 앞에 갔다. 홍영조는 금을 꽤 챙겨 두고 있었는데 그것들을 룸메이트인 이길오가 훔쳐 갔다는 주장을 하면서 칼부림까지 벌어졌던 것이다. 대동강이 경찰에 수사를 의뢰할 수는 없는 노릇 아닌가. 이들은 어쩌다 장군도령의 신통력에 의지해 보기로 했다. 장군도령은 미소를 짓더니 홍영조더러 금덩이는 잊고 그냥 돌아가는 것이 네놈 팔자에 낫겠다고 말했다. 홍영조는 펄쩍 뛰며 물러서지 않았다. 장군도령은 참으로 한심해하면서 그의 간청을 수용할 수밖에 없었다.

홍영조는 은좌의 이북 호스티스 박경미와 몰래 정을 통했다. 이 통정이 왜 몰래였느냐 하면은 박경미가 가끔씩 오남철의 잠자리 시중을 들던 아가씨였기 때문이다. 그런 여자는 다른 대동강들과는 절대 놀아나선 아니 되었다. 감히 왕의 후궁을 건드리는 셈이었으니까. 홍영조의 금붙이들은 박경미의 연립주택 베란다 베고니아 화분 속에서 나왔다. 박경미는 은좌에서 추방당하는 것으로 마무리됐지만 홍영조는 그날로 자취를 감추었다. 사형당해 땅굴 2호의 화덕 속에서 재가 되었기 때문이다. 이러한 사례가 있으니 리강도 장군도령을 엉터리 취급할 수는 없었다. 오남철이 장군도령을 그렇게 애지중지하는 데에는 다 그만한 까닭이 있었던 것이다.

북조선에서는 종교가 실제로는 금지되어 있었지만 원체 세상이 어렵고 뒤숭숭하다 보니 점술 행위가 암암리에 성행했다. 어느 점쟁이가 용하다 싶으면 소문이 쫙 퍼졌다. 호위사령부의 모 중장이 신의주에 다녀오면서 여덟 살짜리 사내아이 하나를 데리고 왔다. 중장의 삼대독자가 신장병을 앓아 군단 병원에서도 두 손 두 발을 다 들었는데 이 소년이 맥을 짚고 주문을 외워 감쪽같이 나았다는 거였다. 중장의 사택 앞에는 정치위원들의 마누라들이 줄을 섰다. 그녀들은 소년의 황홀한 언어에 속수무책으로 빨려 들었다. 소년은 어느새 북조선의 작은 라스푸틴이 되어 있었다. 강성 대국을 목표로 하는 당의 정수들이 소년의 점괘에 따라 승진도 하고 숙청도 되었다. 그러나 꼬리가 길면 잡히는 법. 소년은 몇몇 어르신들과 함께 요덕수용소로 기약 없는 여행을 떠나게 되었다. 그 소년이 바로 장군도령이다.

재킷을 걸친 리강을 홍혜숙이 뒤에서 안았다.

"손이랑 옆구리는 어디서 그랬어?"

"기억 안 나."

"다시는 성질부리지 마. 응? 멋있단 소리는 듣고 인기는 좋아도 나중엔 다 자기 손해야. 고 반장 같은 쓰레기한테 그래서 득될 게 뭐야? 부패 경찰도 경찰은 경찰이야. 그런다고 죽은 사람이 살아 돌아오는 것도 아닌데. 문짝 부서진 거 고치느라 돈이 얼마나 들었는 줄 알아?"

"못 본 척하는 거지?"

"뭐가?"

"자본주의는 못 본 척하는 거라더라."

"누가?"

"오 단장이."

"그 양반 말 한번 예술로 했네. 그거야. 못 본 척하는 거. 맞아. 자기는 북한 사람 티가 전혀 안 나. 남한 사람보다 더 남한 사람 같단 말이야. 그러니까 욱하는 것만 좀 고쳐."

"내가 그렇게 이기적이야?"

"단장이 맘에 안 들어?"

리강이 홍혜숙의 팔을 풀고 다시 침대에 걸터앉아 담배를 피워 물었다.

"수용소에서 쥐 잡아먹던 주제에."

"오우, 진짜야? 쥐를 잡아먹었단 말이야?"

북한의 통치 자금은 당39호실로 통하는 일종의 복합 기업에서 총괄 운용했다. 그곳의 전체 규모와 내용은 극소수만이 온전히 파악할 수가 있었다. 당39호실은 평양의 대성은행과 베트남에 본부를 두고 있는 금성은행이 소속된 대성무역총회사의 임원들로 하여금 서방세계의 금융 시스템을 배워 오게 하였다. 외교관들에게까지 마약 장사를 시키고 금광을 비롯한 광산 채굴에는 군대를 동원했다. 1992년 4월 국방위원장 살해 쿠데타 기도가 있었다. 인민무력부 부참모장 이하 여러 별들의 목이 우수수 떨어졌는데 그들의 취조 과정에서 당39호실의 좌장이던 오남철의 이름이 튀어나왔다. 오남철은 요덕수용소에 종신 수감 되었다. 통일 이후 그가 해외 비밀 계좌들에 잠자고 있던 북조선의 통치 자금들을 걷어 냈다는 설이 있었다. 물론 오남철에 관한 사실들은 그가 늙은 요괴라는 것을 빼놓고는 전부 안개에 휩싸여 있었다. 어쩌면 그 안개가 오남철인지도 몰랐다.

"그 인간이 왜 개고기 먹으면서 꼭 부르고뉴를 마시는지 알아? 국방위원장이 좋아하던 포도주가 그거거든."

"김정일도 개고기 먹을 때 포도주 마셨어?"

"그건 오 단장이 개발한 거고. 흉내 내다가 너무 멀리 가 버린 거지."

"멋진걸?"

"……당신 말이야."

"응."

"혹시 병모에 대해서 뭐 좀 아는 거 없어?"

"다짜고짜, 뭔데?"

"아니. 나 평양 간 사이에 병모 행동 중에 이상한 점이라도 없었냐구."

"글쎄. ……컨디션이 나빠 보이긴 했지만, 별로. 왜 그러는데?"

"……됐어."

"자기야. 비명횡사한 사람 얘기 자꾸 하는 거 아니야. 산 사람 재수 없고 죽은 사람 극락 못 가."

"……."

16

홍혜숙과 헤어진 리강은 오래 걸었다. 리강은 장군도령을 생각하고 할아버지를 생각하고 죽음과 죽음 이후를 생각했다. 무당을 인정한다면, 무당은 죽음 이전과 죽음 이후를 연결하는 존재일 터였다. 정말 죽고 나서도 뭐가 있는 것일까? 삶이란 이성과 과학으로는 설명이 부족한 것일까? 신은 있는 것일까?

리강은 신이 죽은 것을 보았다. 리강은 김 주석의 미라를 떠올렸다.

평양 외곽에 위치한 금수산 의사당, 통칭 주석궁은 김 주석이 먹고 자고 집무를 보며 방문객을 맞이하는 곳이었다. 1994년 7월 8일 김 주석이 심장마비로 사망하자 김 위원장은 이 웅장한 화강암 석조 건물을 김 주석의 능으로 바꾸어 버렸다.

금수산 의사당은 흡사 반도체 공장처럼 외부인을 위생 처리하는 정교한 설비를 갖추고 있었다. 회전 솔로 구두 밑창을 청소하는 구역, 옷에 묻은 아주 작은 먼지도 바람으로 떨어내는 구역, 엑스선 기계와 800미터가량의 무빙워크와 대리석 복도를 지나면 5미터짜리 하얀 김 주석 동상 앞에 도착하게 된다. 이어 장엄한 혁명가가 울려 퍼지는 대단히 넓고 어두운 강당. 그 중앙에만 집중된 분홍색 빛의 한가운데 놓인 유리관 속에 신의 미라가 안치되어 있었다. 러시아 방부 처리사의 솜씨 덕에 김 주석의 시신은 눈을 뜨고 일어날 것만 같았다.

리강은 신의 미라 앞에서 펑펑 눈물을 흘렸다. 김 주석이 신인지 아닌지는 몰라도, 그것은 신에 대한 인간의 감정이 분명했다. 그는 그 신의 명령을 따라 아프리카까지 가서 혁명을 수출했던 것이다.

김 주석의 동상들 중에서 제일 큰 것은 1972년 그의 생일에 맞춰 공개된 신장 20미터의 금박 청동상이었다. 그것은 지프를 타면 김일성종합대학과 김일성경기장에서 금방 도착하는 김일성광장을 굽어보며 솟아 있었다. 거리에서나 논에서나 인민들은 김 주석의 초상이 그려진 배지를 달고 그에 관한 노래를 들으며 고된 하루를 보낸 뒤 귀가해서는 벽에 걸린 김 주석 부자의 초상화 한 쌍을 만났다. 김일성주체사상탑은 미국의 초대 대통령 조지 워싱턴을 기념하여 워싱턴 D. C.에 세운 워싱턴 기념비보다 의도적으로 더 높게 지었다. 주체탑은 1982년 4월 15일 김 주석의 70회 생일을 맞아 2만 5000여 개의 화강석들을 붙여 만들었다. 이 숫자는 그가 그때까지 살아온 날들을 의미했다. 같은 해, 파리에 있는 개선문보다 더 거대하고 화려한 평양의 개선문도 완공되었다. 그것은 해방 직후 김 주석이 연설했던 장소를 기념했다. 이러한 이미지들과 상징체계들에 지배당하던 사람들은 그것들이 사기라고 판명이 난다 한들 이전과 동일한 신호가 오면 어쨌든 반응한다. 조건반사는 개들에게만 적용되는 것이 아니다. 조건반사는 인간의 영혼으로 들어오면 스스로 확장하고 심오해진다. 아직도 대동강들은 김 주석의 초상화라든가 김일성화 같은 것들 앞에 노출되면 머뭇머뭇하기 일쑤였다. 세뇌된 순종을 쉽사리 거부할 수가 없었던 것이다. 리강은 통일 이후에도 7월 8일 아침에 눈을 뜨면 하루 종일이 우울했다. 모태 신앙은 잘 지워지지 않았다.

리강은 서울의 밤하늘을 올려다보았다. 무얼 찾아보겠다고 그런 것은 아니었다.

어느덧 4월 15일 태양절이 다가오고 있었다. 그날 리강과 같은 통일 대한민국의 이북 인민들은, 자신의 의지와는 아무런 상관없이, 일제히 경건해질 것이었다.

17

리강이 평양에서 돌아오기 11일 전.

조명도는 광복빌딩 5층에 있는 자신의 직무실 소파에 앉아 있었다. 넓은 창 밖으로는 전날 새벽부터 봄비가 부실부실 내렸다. 누구에게나 약점은 있는 거지. 누구나 한 구석씩은 고수인 거고. 약점을 공략하면 귀신도 죽일 수 있어. 귀신이라고 실수가 없나? 죽일 수 있고말고. 조명도는 머릿속이 복잡했다. 제 미래의 흑과 백을 결정지을 시점이 가까이 있었기 때문이다. 조명도는 그 잔혹한 소용돌이의 중심에서 오직 자신만이 승자이기를 갈망하고 있었다.

아까부터 동철이 문을 등진 채 조명도 쪽으로 서 있었다. 웨이터 유니폼을 입은 동철은 새빨간 나비넥타이가 목에 조이는지 약간씩 턱을 움직였다.

"튀튀하던 놈이 땟국물을 벗었구나."

"……"

"너 사람 죽여 봤어?"

"……칼로 찔러는 봤습니다."

"아직은 못 죽여 봤다는 거네?"

"사람 죽이는 거 많이 봤습니다. 죽일 수 있습니다. 총도 몇 번 쏴 봤습니다."

"가족들이 이북에서 다 죽었다고 그랬지?"

"난리 통에 토비들한테 총살당했습니다. 누이는 강간당하다가 죽고 저 혼자만 간신히 도망쳤습니다."

"인간은 모두가 고아야. 태어나면서부터 사형수고. 개의치 마라."

"……"

"저 웨이터 하기 싫습니다. 도와주십시오, 부장님. 저 단원 시켜 주십시오. 저 머리 좋습니다. 저 운전도 합니다. 안 해 본 거 없습니다."

"작은 놈이 운전은."

"……"

"동철이."

"네."

"사람은 말이다, 저마다 그릇이라는 게 있어, 그릇. 아무리 똑똑하고 기술이 뛰어나도 그릇이 토끼 불알만 하면 결코 큰 사업을 이룰 수가 없는 거야. 대신 좀 부족한 면이 있어도 그릇이 크면 이래 저래 채워 넣다가 종래엔 큰 사업을 이루는 경우가 있는 것이고. 내 말이 어렵니?"

"아닙니다. 리해가 갑니다."

"그럼 뭐겠니? 사람은 사람을 잘 만나야 하는 거지. 특히 윗사람을 잘 만나야 하는 거 아니겠니?"

"옳습니다."

"나는 말이다, 사람을 한 번 딱 보면은, 요놈이 과연 똥개인지 세퍼드인지 다 안다. 똥개는 아무리 비싼 고기반찬으로 키워도 소용이 없어요. 길 가다 똥을 보면 그 똥 맛이 그리워서 또 똥을 처먹거든. 세퍼드는 어떠니? 세퍼드는 평양에 갖다 놔도 세퍼드고, 서울에 갖다 놔도 세퍼드야."

"……."

"똥개는 절대로 세퍼드가 될 수 없다, 이 말이야. 그러니 어쩌겠니? 처음부터 세퍼드인 놈을 알아보고 공을 들여야 한다, 그 얘기지."

"……."

"너는 세퍼드니, 똥개니?"

"……."

"내가 너를 부른 건 네가 세퍼드이기 때문이야."

"……."

"김동철 동무."

"네? 네."

"정식 단원이 되고 싶다고?"

"네. 소원입니다."

"목숨을 바칠 수 있다고?"

"틀림없습니다."

"그래. 나는 네 그런 결사관철의 정신이 마음에 쏙 든다. 너 날 결사옹위할 수 있겠어?"

"틀림없습니다."

"남조선에는 가질 것들이 참 많다. 여긴 고양이 뿔 말고는 다 있지. 우리가 살던 세상과는 완전히 달라. 내려온 지 1년이 다 됐다면서 네 마음엔 안 들었니?"

"……그냥."

"그냥 뭐?"

"화가 나서요. ……그냥 자꾸 화가 나서요. 가슴이 막 터질 것 같아서 잠도 못 잡니다."

"그건 네가 출세를 못 해서 그런 거야. 출세를 하면 화가 잘 안 난다. 즐길 게 많은데 왜 화가 나겠어? 출세는 나쁜 기억들을 다 잊으려고 하는 거야. 진 자는 이긴 자의 뭐다?"

"네?"

"종이다. 진 자는 이긴 자의 종인 거야. 종. 노예. 사람 죽여 보고 싶니?"

"죽여야 되면 죽일 겁니다."

"내가 어떤 사람 같아?"

"절 리해하시는 것 같습니다."

"잘 봤구나."

"……."

"그래. 맞아. 난 널 리해해."

18

리강이 평양에서 돌아온 지 4일째.

아직 화장 전인 양미는 리강을 보자마자 극도의 울상이 되더니 뒷걸음질 치다가 달아나기 시작했다. 리강은 어리둥절하였으나 홀연 마음에 꽂히는 것이 있어 양미를 쫓아가 붙잡고는 텅 빈 룸 안으로 데리고 들어갔다. 리강은 그녀 앞에서 자기도 모르는 무언가를 이미 다 알고 있는 양 행동했다. 상대는 천하의 푼수 덩어리 오양미였다. 별다른 추궁 없이도 그녀가 그러는 이유는 이내 밝혀졌다.

양미는 문 형사가 대동강들에게 보복 살해당했다는 사실을 어젯밤 술에 취한 을설을 통해 처음 들었다. 양미는 리강이 병모의 죽음에 자기를 엮어서 끌고 가려 한다는 착각에 무작정 겁부터 집어먹었던 것이다. 왜냐하면 오양미 양은 사건이 터진 그 밤 내내 문 형사와 만리장성을 쌓고 있었기 때문이다. 알딸딸해져서 전도를 일삼다가 손님에게 퇴짜를 맞은 양미는 문 형사의 전화가 마치 예수님의 위로 같았을 것이다.

잠시 진정하는가 싶더니 양미는 다시 울었다.

"그만해라."

"흐흑, 문 형사님 가엾어서 어떡해."

"하아, 너는 지금 이 마당에, 아이구."

"난 아무 잘못 없어. 진짜야, 오빠. 문 형사님이 만나자고 하기에 한잔 더 하고, ……그런 것뿐이야."

"어, 그래. 잘했어. 잘했어."

포장마차에서 나온 양미와 문 형사는 모텔로 들어가 약을 했다. 다음 날 오전 10시경 일동 기상해서는 다정하게 해장국까지 한 그릇씩 비우고 헤어졌다.

"무서워. 흐흐흑."

"나는 너가 더 무섭다. 후—"

문 형사는 거기서 곧장 경찰서로 출근하던 중 서슬이 퍼런 대동 강들에게 걸렸다. 텅 빈 골목에서 문기식, 이라는 외침에 뒤를 돌아다봤을 때, 그는 숙취가 가시지 않은 머릿속으로 이러한 생각을 하였다. 어. 쟤들이 여기 떼로 웬일이지? 그것이 그가 이승에서 품었던 마지막 생각이다. 문기식 형사는 평소 병모를 친형처럼 따르던 김철수에게 즉시 대검으로 멱이 따이고는 봉고 차에 실렸다. 광복 빌딩 지하 3층의 화덕은 그날 오래오래 불이 지펴졌다.

아까 리강은 김철수를 호출해 당시의 정황을 세세히 파악했는데 그는 자기가 직접 숨통을 끊고 화장해 버린 자에 대해서 여태 분이 안 풀린 태도였다. 김철수는 대동강 단원들 가운데서 가장 무식하고 잔혹한 놈이었다. 그는 과거 북조선 군인들조차도 짐승 취급을 하던 공병국 출신이다. 그 부대는 10여 년 세월을 총 한 번 못 잡아 보고 오로지 건설 현장에서 노가다만 했는데 열악한 환경과 지원 속에서 그야말로 악밖에는 안 남아 온갖 범죄를 다 저지르고 다니는 집단이었다. 그들은 일단 싸움이 났다 하면 공병삽부터 손에 쥐고 사람의 모가지를 날려 버리는 자들이었다. 리강은 김철수를 대충 돌려보냈다.

리강은 한숨이 새 나왔다. 역시나 문 형사는 앙심을 먹고 남을 죽일 수 있는 위인이 아니었다. 그러니까 그는 억울한 희생자인 셈이었다. 한길수에 대한 오발 사고 전력과 그 밤의 상황이 미묘하게 맞물려 돌아가 치명적인 오해를 받고는 급기야 대동강들에게 참살당하고 만 거였다. 그럼 뜻하지 않게 엉뚱한 자에게 자신의 범죄를 뒤집어씌운 진짜 범인은 누구인가?

"오빠도 병모 오빠가 보고 싶지? 그치만 병모 오빠는 천국에 있으니까. 천국 갔으니까."

"양미야. 제발 정신 좀 차려라. 정신 좀 차려."

"오빠, 우흑, 나 어떻게 되는 거야? 잡아가는 거야? 오빠가 얘기 좀 잘해 줘. 나는 아무 잘못 없어. 무서워, 오빠. 이젠 을설이 오빠도 너무 무섭고, 형사님들도 무서워."

"양미야. 내 말 잘 들어."

"어. 오빠."

"너 지금 한 얘기들 절대로 다른 사람들한테 하면 안 돼. 알았지?"

"응."

"대답만 하지 말고 정말로. 당분간 술 마시거나 약 하지 마. 그러면 네 정신머리에 막 떠들어 댈 게 뻔하단 말이다."

"알았어. 나 기도할 거야. 기도하면서 참을 거야."

"그래. 기도든 뭐든 해라. 아니야. 아니야. 넌 기도도 크게 할 것 같아. 누가 들으면 안 되니까, 기도도 하지 마. 기도 같은 거 안 해도 하나님 정도 되면 네가 어떤지 다 알 거야. 지금 농담하는 거 아니니까, 알았지?"

"무서워, 오빠."

"시끄러! 알았지?"

"으앙―"

리강과 양미가 나가며 문이 닫혔다. 그때 룸의 정면 벽 쪽 테이블 아래서 한 사람이 스윽 일어났다. 푹신한 ㄷ 자형 소파 중앙에서 낮잠을 청하고 있던 장군도령이었다.

리강은 양미를 달래서 호스티스들의 대기실로 보냈다. 조명도가 저 앞에서 걸어오고 있었다. 조명도는 호들갑을 떨면서 반가운 척을 해 댔다. 북조선식으로 리강의 양손을 잡고 흔들다가 꽉 끌어안으면서 왼쪽 팔뚝으로 리강의 왼편 옆구리를 짓눌렀다. 리강이 윽, 하면서 얼굴을 찡그렸다. 조명도는 거기가 아프냐고, 어디서 부딪친 거냐고 물었다. 리강은 대답도 안 하고 손을 뒤로 내저으면서 발걸음을 재촉했다. 조명도는 회심의 미소를 띠었다.

"명도."

조명도는 뜨끔해서 뒤돌아보았다.

"어, 왜?"

"너 병모가 총에 맞았다고 했지?"

"그랬나? 그랬을걸?"

"뭐가 그래? 말 똑바로 안 해?"

"경찰한테 죽었으니 총 맞았겠지 뭐. 난 시체를 못 봤으니까. 왜화는 내고 그러냐? 정 떨어지게."

"고 반장이 단장님에게 시신을 곧바로 넘겼다고?"

"그렇지. 염(殮)도 단장님이 혼자 했으니까. 우리 법이 원래 그렇잖아? 우리가 봤을 때 병몬 벌써 삼베옷 곱게 차려입고 뚜껑 열린 관 속에 누워 있었지. 거참. 시체에 뭔 관심이 그렇게 많습니까? 다 때려치우고 장의사 해 볼라구? 단장님한테 배워 달라고 졸라 봐. 너랑은 친하잖냐?"

"새끼가, ……그러니까 병모가 뭘로 죽었는지는 너도 모른다는 거네?"

"뭘로 죽은 게 뭐가 중요해? 살아 있지 않으면 거기서 끝난 거지. 거 스타일 멋진 분이 사소한 현상들에 대해서는 신경을 좀 끄세요. 리 부장님."

"……됐다."

조명도는 림병모가 무엇을 위해 죽어야 했는지는 모르지만 무엇에 의해 죽었는지는 알고 있었다. 그러나 그따위 것들은 작금 조명도의 관심사가 될 수 없었다. 대업을 앞둔 조명도는 각론이 아니라 총론에 충실한 성공형 인간이었기 때문이다.

19

"뭐가 남았다고 이러는 거야?"

"시끄럽다. 저리 좀 가 있어라."

"뭘 더 쑤시는 건데?"

"아, 씨, 진짜, 여자들⋯⋯."

병모의 메모장 어느 부분 한 귀퉁이에는 이러한 글귀가 적혀 있었다.

─사람을 감찰하시는 자여. 내가 범죄하였은들 주께 무슨 해가 되오리이까. 어찌하여 나로 과녁을 삼으셔서 스스로 무거운 짐이 되게 하셨나이까.

파란 사인펜으로 비교적 또박또박 쓴 글씨였다. 이게 다 뭔 소린지. 주 어쩌고 하는 거 보니까 성경 구절인 것 같은데⋯⋯.

서일화는 싸늘했다. 아파트 안으로 들어가는 것조차 막아서는 그녀를 닦달한 끝에 겨우 찾아낸 것이 병모가 사용하던 메모장이었다. 사망 사흘 전까지 이것저것 열심히 끼적여 놓았는데 대부분 주류 납품과 관련된 숫자들이었다. 메모장은 병모가 입다가 벗어 놓은 바지 뒷주머니에 들어 있었다. 병모는 사건 전날 일화의 아파트에 들렀다가 다른 바지로 갈아입고 나가서 영영 돌아올 수 없게 되었던 것이다. 리강이 조금만 더 늦게 갔더라면 그 바지와 메모장은 다른 유품들과 함께 쓰레기 처리장으로 떠났을 거였다.

리강이 현관에서 구두를 신고 있는데 서일화가 말했다.

"예전부터 묻고 싶은 거였는데."

"물어."

"대체 지하 1층 은좌 밑에서 무슨 일들이 벌어지고 있는 거야?"

"……."

"……."

함께 사는 여자의 촉수를 피해 갈 수 있는 남자는 없는가 보다.

"……이번 실수 절대로 되풀이하지 마라."

아무래도 여자들에게 입단속을 시키는 팔자가 낀 날인가 보았다. 리강이 조명도였다면 서일화는 당장 땅굴 2호를 구경해야 했을 터였다.

"뭐가 있기는 있는가 봐?"

"너 사는 거 재밌지? 다 좋은데, 너무 열심히는 살지 마라. 그러니까 몸까지 팔게 되는 거야. 쓸데없는 호기심을 갖는 것도 너무 열심히 사는 거다."

"……좆 까고 있네."

"……."

"내가 아무렇지도 않은 거 같아?"

"너는 네가 병모를 선택했다고 생각하는가 본데, 그거 아니다. 병모가 너를 선택했던 거야. 돌봐 주려고. 그러니까 불쌍하게 간 녀석 위해서라도 조심조심 지내."

"지난번에는 조부장이 한 무더기를 끌고 와 백도라지 찾는답시고 발칵 뒤집어 놓더니 오늘 당신은 또 뭔데? 시신도 못 보게 하고 장례식에도 못 가게 했어. 이래도 되는 거야?"

"……병모가 백도라지를 투명한 플라스틱 통에 넣어 뒀다고?"

"뭘? 내가 어떻게 알아? 집만 엉망으로 해 놓고 나갔어."

아, 그래. 명도는 병모의 차 타이어 뚜껑을 까 보니까 그 안에서 나왔다고 했다. 백도라지를 꽉꽉 눌러 담아 완전 밀봉을 해 둔 투명한 플라스틱 통이.

"……간다."

"……미친 새끼들."

리강이 복도에서 닫히려는 문을 잡았다. 서일화의 눈이 리강의 눈 가까이에 있었다.

"시신을, 못 봤다구? 너도?"

"왜? 창녀한테 그게 중요해? 깡패한테는 중요한가 보지? 못 봤어. 나는 죽었다는 전화 한 통만 받고 이런 취급을 당하고 있는 거야. 알아?"

"……."

리강은 엘리베이터가 아니라 계단을 이용했다. 16층부터 1층까지 터벅터벅 걸어 내려가는 동안 리강은 깊이 우울하였다. 림병모의 죽음을 둘러싼 의혹들 때문이 아니었다. 서일화에게 주제넘은 충고를 한 까닭이었다. 어째서 저 여자만 보면 화가 치밀고 쓸데없이 잔인해지는 것일까? 나는 누구를 비난할 자격이 없는 인간이다. 살인자니까. 앞으로도 그럴 거니까. 살인자보다 못한 창녀는 없다. 저 여자는 나를 용서하지 못할 것이다. 리강은 서일화가 제발 그러기를 바랐다. 그리고 부디 양미와 그녀의 입이 무겁기를 바랐다. 세상에 비밀은 없다. 그러나 그 목숨도 금덩이도 아닌 것을 지키겠다고 누군가는 살인을 저지를 수도 있는 것이다. ……기둥서방이건 뭐건 간에 명색이 미망인인 셈인데 시신을 보여 주지 않았다?

아무래도…… 오 단장이 좀…… 고 반장…… 고 반장, 어? 그래, 고 반장. ……내가 아프리카에 혁명 수출하면서 몇이나 보냈을 거 같아? 통일이 되고 나니 북한 년들은 좋은데 북한 놈들은 너무 미워. 그죠? 너, 너네 단장이, 아아, 집어치워. 난 그런 거 몰라. 병모 어떻게 된 거야? 문 형사 죽은 걸로 마무리된 일이잖아? 글쎄? 몰라? 생사람 잡지 마. 난 시체 넘겨준 죄밖에 없어.

그래. 그때 고 반장 그놈이 엉겁결에 뭔가를 내뱉을 뻔했던 거야. 아휴, 하여간 난 성질이 너무 급해서…….

—사람을 감찰하시는 자여. 내가 범죄하였은들 주께 무슨 해가 되오리까. 어찌하여 나로 과녁을 삼으셔서 스스로 무거운 짐이 되게 하셨나이까.

도통 알아먹을 수 없는 소리였다. 리강은 무심코 메모장을 더 넘기다가 동그라미가 쳐진 강일물산을 발견했다. 잠깐 뚱해졌지만, 병모가 거래하던 업체겠거니 하고는 말았다.

예수가 궁금하다며 스스로 은밀히 접근한 것은 병모였다며 양미는 눈시울을 붉혔었다. 세례까지 받은 병모가 나중에는 교회 다니는 것을 괴로워하는 눈치였다는데 대동강 단원이면서 신을 알현하기가 즐겁다는 건 불가능했을 테니 주목할 만한 대목은 아니라고 리강은 판단했다.

한심한 동무 같으니라구. 신이 있다고 치자. 죄가 있으면 신 앞에 안 가면 되는 것이다. 통일 이후 신들이 사방에 널린 곳에서 살게 된 리강에게는 그것이 새로운 유물론이었다.

리강은 병모가 죽은 그 자리 위에 서서 당장 해야 할 일들과 조금 더 기다려야 할 일들을 정리해 보고 있었다. 이제 리강은 자기가 지휘관이고 자기가 병사였다.

20

　오남철은 고풍스러운 사택에서 홀로 이제 막 저녁 식사를 하려는
참이었다.

　은 접시 위에는 두껍게 썬 고기 한 덩어리가 올려져 있었고 그
곁에는 나이프와 포크가 정갈하게 놓여 있었다. 부르고뉴 한 병과
포도주 잔도 빠지지 않았다.

　오남철은 소금을 꺼내기 위해 냉장고 문을 열었다. 냉장고 안쪽
에는 투명한 플라스틱 통이 있었다. 거기에 꽉꽉 눌러 담겨 완전 밀
봉돼 있는 것은 소금이 아니었다. 오남철은 그 옆에 있는 조그만 소
금 통을 집었다. 그때 전화벨이 울렸다.

　오남철은 마루로 나가 수화기를 들었다.

　—단장님.

　"어. 리 부장."

　—혹시 식사 중이셨습니까?

"그렇지."

─아, 방해를 드려 죄송합니다.

"아니야. 아니야. 일없다."

─병모와 연관해 말씀드릴 게 있어서요.

"병모?"

─네.

"그래."

─서일화 말입니다.

"음?"

─은좌에서 술 따르는 애 말입니다. 병모와 동거하던.

"아, 그랬지."

─어쨌든 회사 직무에 임하다 병모가 그렇게 됐고, 아무리 기둥
서방이라지만 그래도 미망인인 셈인데 서일화가 병모 시신도 못 보
고 장례식에도 못 갔잖습니까?

"어허, 그래. 그래서?"

─위로금이라도 전달하는 게 단장님과 조직의 체면도 서고 죽은
병모한테도 도리가 아닐까 해서요.

"음."

─일화 그 아이가 뭘 섭섭해하고 있는 것은 아니구요. 제가 곰곰
이 생각해 보니까 그래야 덜 이상할 것 같아서 그럽니다.

"……이상하다?"

─아, 말이 잘못 튀어나왔네요. 나을 것 같아서요. 그러시는 게.

"그래. 그게 좋겠군. 용쿠나. 좋은 생각이야. 내 남 고문에게 지

시하지."

—감사합니다. 서일화도 죽은 병모도 단장님 은혜 잊지 않을 겁니다. 특히 병모가 잊지 못할 겁니다.

"너는 요새,"

—영원히.

"……너는 요새 통 안 보이는 것 같아?"

—단장님이 잘 안 보이셔서 그렇죠.

"어. 그래. 그래."

—그럼 그만 들어가 보겠습니다.

"어디니?"

—아, 네. 병모가 칼 맞았던 자리에 좀 가 봤다가요.

"……"

—그럼 식사하십시오.

오남철은 수화기를 내려놓고 잠시 그대로 서 있었다. 표정의 변화는 전혀 없었다.

오남철은 수족관이 있는 방으로 걸어가 문을 열었다.

장군도령이 등을 보인 채 침대 위 이불 속에서 끙끙 열병을 앓고 있었다. 그런 장군도령은 벽 쪽의 배경과 겹쳐져 마치 화려한 열대어들과 수족관 속에 들어 있는 것만 같았다. 오남철은 방문을 닫았다.

오남철은 다시 식탁으로 돌아왔다. 빈 잔에 부르고뉴를 따랐다. 신의 아들이었다가 자기도 신이 되려 했던 어떤 자가 탐닉했던 죄 많은 과일주. 그 핏빛이 잔에 콸콸 넘쳐흐르는 것을 문득 깨닫고 나서야 오남철은 부르고뉴 병을 식탁 위에 똑바로 세웠다. 은 식기 주변이 온통 피에 젖은 것 같았다. 포도주는 최후의 만찬에만 등장했던 것이 아니었다. 예수가 십자가에 못 박힐 때 로마 병사들이 진통제를 타서 그에게 들이밀었던 술이기도 하다. 예수는 그것을 거부하였다고 전해진다.

오남철은 식탁을 닦지도 않고 포크와 나이프를 각각 오른손과 왼손에 쥐었다. 림병모는 계획의 핵심에 다가가자 흔들렸다. 오남철은 그가 꼭 필요했지만 그는 그제껏 준비해 놨던 일체를 일거에 망쳐 버릴 수도 있었다. 오남철은 우선 리강을 평양으로 보내 놓고 시간을 벌었다. 림병모 없이도 진행이 가능한 어느 시점을 기다렸던 것이다. 예수를 정말로 섬기라고 교회에 심어 놓은 것이 아니었는데 림병모는 죽음 이후의 구원을 두려워하는 인간이 되어 아예 대놓고 오남철의 속을 썩이기 시작했다. 오남철은 다루기 힘든 욕망 앞에서 당황했다. 세상에서 제일 무서운 것이 노인이지만 그 노인이 죽음 말고도 무서워하는 것이 하나 더 있는데 그것이 바로 젊음이다. 왜냐. 젊음에는 양심이 끼어들 여지가 많은 까닭이다. 젊음은 고육지책과 순교까지 감행할 만큼 무모하다. 그 대책 없는 열정이 종종 노회함을 이겨 버리는 것이다. 가장 무너뜨리기 쉬운 반면 또한 가장 막강할 수 있는 젊음. 노인들은 젊은이들처럼 제 목숨을 자기가 원하는 곳으로 던질 수 없다. 오남철은 림병모가 그래서 두려웠다.

그 밤 림병모는 더 이상 견딜 수 없었는지 기어이 오남철에게 계획의 폐기를 요구했다. 분명한 협박이었다. 오남철은 리듬을 잃고 분노했다. 그를 둘러싼 공기는 곤궁을 빠져나가려는 의지보다 무거운 물로 변했다. 오남철은 비좁은 수족관 속에 갇힌 듯 숨이 막혔다.

오남철은 림병모를 찾아가 마지막으로 설득을 시도하는 척하다
가 죽였다. 림병모 없이도 진행이 가능한 시점은 이미 지나 있었다.
노인이 되면 인내심이 많아진다는 소리는 허세에 불과하다. 다만
고통에 무뎌지고 시야가 넓어질 뿐이지 그것이 가치를 증명하지는
않는다. 수양은 나이가 아니라 각자의 문제다. 누구나 한 구석씩은
고수이고 실수는 모두의 것이니까.

사택으로 돌아왔는데 고 반장으로부터 전화가 걸려 왔다. 림병
모가 살해당했는데 문 형사가 유력한 용의자라는 거였다. 하지만
능숙한 칼에 찔렸다는 점이 이상하다, 더 두고 봐야겠다, 어떡할까
요? 그런 얘기였다. 오남철은 난데없이 끼어든 문 형사라는 변수가
불길했다. 시체를 사택으로 인계받으면서 사인에 대해서는 함구를
시켰다. 다음 날 보고가 들어왔다. 흥분한 단원들이 문 형사를 벌
써 임의대로 없애 버렸다는 거였다. 오남철은 숙고 끝에 기왕 그렇
게 된 그대로 마무리하고 덮었다. 차라리 잘된 건지도 몰라 기쁘기
까지 했다. 그런데 평양에서 돌아온 리강이 뭐에 홀리기라도 한 듯
끈질기게 림병모의 죽음을 파헤치기 시작했다. 자, 방금 그 전화의
내용과 의도를 어떻게 받아들여야 할 것인가? 오남철은 리강이 병
모가 총에 죽었다고 생각하고 말했을 때도 가만히 듣고 있었고 칼
에 죽었다고 생각하고 말했을 때도 가만히 듣고 말았다. 딜레마에
빠져 버린 것이다. 오남철은 림병모를 두려워했던 것과 똑같은 이유
로 리강이 두려웠다.

오남철은 스스로를 포함한 전부를 잃어버려도 아무 상관이 없었

다. 일생 최후 최대의 걸작이 거의 완성되려 하고 있었던 것이다. 오직 그것만이 신경 쓰일 뿐이었다. 그것이 보통의 노인들과 그가 다른 점이었다. 그는 노인이기에 앞서 광인이었다.

　오남철이 썰고 있는 고기는 냉동했던 것인지라 녹으며 물이 스며 나왔다. 그것은 단순한 날고기가 아니라 림병모의 심장 일부분이었다.

21

최열은 국화차의 향을 음미하고 있었다. 그것은 단순한 국화차가 아니었다. 일본에서 한 달에 한 번씩 공수되는 그야말로 최고가의 국화차였다.

최열은 절대로 어기지 않는 습관이 있었다. 그는 옛 사무라이들이 즐겼다는 그 국화차를 하루 세 차례 마셨다. 아침에 일어나서 한 번. 오후 두세 시경에 한 번. 저녁 식사 뒤에 한 번. 언제 어디서든 틀림이 없었다. 외부에서나 출장을 가서도 차와 다기를 가지고 다녔다. 그 호사를 지키느라 사업상 큰 손해를 입은 적도 있었지만 결코 후회하지 않았다. 그것은 그의 허망한 자존심이자 편집증이었다. 그는 다도로 죄를 씻어 내며 버티는 사람 같았다.

말라 쪼그라들었던 국화꽃은 찻잔 속 따사로운 찻물에 닿으면 환하게 피어났다. 그것은 흡사 미라가 청년으로 부활하는 모습이었다.

최열이 문 앞에 서 있는 장용수에게 말했다.

"네가 리강을 제거해야겠다. 상회에게는 비밀로 하고. 자신 있나?"

장용수는 조용히 고개를 끄덕였다.

장용수는 창을 보았다. 밝은 실내의 어두운 창은 거울과 다름없었다. 장용수는 거울 속의 자신인 리강을 물끄러미 보고 있었다.

22

리강이 평양에서 돌아오기 9일 전.

조명도는 화덕 왼편, 벽으로 위장된 비밀 통로를 슬쩍 밀어 봤다. 아주 멀리서 스미는 빛의 틈. 그것은 광복빌딩 부근 들판으로 연결된 지옥의 숨구멍이었다.

조명도는 다시 소년을 보았다. 소년과 조명도는 고문실 앞에 마주 서 있었다.

소년은 마른 신문지가 물을 빨아들이는 것처럼 조명도를 빨아들였다. 소년은 자극에 무방비 상태였다. 소년은 모든 것을 잃어버린 만큼 무엇이든 그리웠던 것이다.

"너와 내가 많이 다르지?"

"네."

"날 리해는 하지?"

"네."

"그럼 너와 나는 달라도 똑같은 거야. 리해하면 말이야, 다 똑같은 거야."

"네."

조명도는 소년에게 큰 칼과 권총을 주었다. 소년이 왼손에는 큰 칼을, 오른손에는 권총을 쥐었다. 조명도가 철문의 손잡이를 잡았다.

"누굽니까?"

"그런 걸 물어보는 걸 보니, 아직 리해가 부족한 모양인데?"

"아닙니다. 하겠습니다."

조명도가 철문을 열어 주었다. 소년이 혼자 고문실 안으로 들어갔다. 소년의 등 뒤에서 철문이 끼이익, 하고 닫혔다. 소년은 누런 타일로 뒤덮인 환한 공간 속에 서 있었다. 그곳은 사막에서 죽은 채 말라붙어 있는 도마뱀의 배 속 같았다.

구멍이라고는 없는 검은 자루를 머리에 뒤집어쓴 남자 하나가 바닥에 고정된 쇠 의자에 단단히 묶여 있었다.

"누구요? 누구요?"

"……."

"이봐요. 사람 좀 살려 줘요. 네? 이봐요?"

"……."

"이거나 좀 벗겨 줘요. 네? 선생님. 살려 주세요! 선생님?"

철문 밖에서 조명도는 담배를 피워 물었다. 조명도는 소년의 위대한 수령님이 되고 싶었다. 소년의 신이 되고 싶었다. 그것이 오남철을 극복하는 길이었다. 최열을 극복하는 길이었다. 리강을 극복하는 길이었다. 비천한 자신을 극복하고 낯설지만 매혹적인 이 세상을 극복하는 길이었다. 조명도는 논리는 허술했지만 자신만의 사전을 가지고 있었다. 그것이 욕망의 한계를 벗어나는 폭력을 가능케 했다.

조명도는 철문에 등을 기댔다. 녹이 슨 금속의 차가움이 척추로 전해졌다. 조명도는 땅굴 2호의 출입구 위에 붙어 있는 장군도령의 부적을 노려보았다. 귀신의 피 냄새가 나는 기묘한 문양이었다.

총성이 울렸다.

조명도는 환희에 몸서리를 쳤다. 극복이 이루어지고 있었던 것이다.

23

저 멀리 수평선에서 할아버지의 시신이 둥둥 떠내려오고 있었다. 너는 너를 죽일 것이야. 바다는 신의 미라를 비추던 분홍빛이었다. 지옥의 음부 같은 얼굴 서너 개가 외마디 소리를 지르면서 휘리릭 지나갔다. 형님. 무사히 다녀오십시오. 다 잘될 겁니다. 뭐가? 뭐든요. 언제부터인가 눈이 마주치는 것을 피하던 병모의 얼굴이 천천히 지나갔다. 어쩌니 강이야. 아사한 북조선 아이들이 산기슭에 널려 있었다. 너는 너를 죽일 것이야. 아프리카 평원에 쓰러진 흑인 소년병의 시뻘건 총상과 새하얀 뼈가 보였다. 어쩌니 강(剛)이야. 할아버지. 저는 제 이름이 싫어요. 굳세긴 대체 뭐가 굳세다는 거죠? 강이야. 모두 다 죽는 거야. 모두 다. 할아버지! 가지 마세요. 할아버지! 리강은 벌떡 상체를 일으키며 눈을 떴다. 권총을 든 사내가 리강을 노리고 있었다. 리강은 하마터면 권총을 발사할 뻔했다. 리강은 저만치 약간 비켜 서 있는 전신 거울 속에 갇혀 있었다. 리강은 제 아파트에서도 거실 안락의자에 앉은 채로 잠이 들었다. 매일 밤 불면으로 고통스러워하다가 레드아이를 서너 알 삼킨 다음에야 헛것 속을 헤매던 중 그대로 그렇게 의식이 사라지곤 하였다. 알 수 없는 불안 때문에 오른편 갓등 밑에는 항상 권총을 놔두고 있었다. 그 새벽 악몽에서 깨어나면서 반사적으로 권총을 집어 전신 거울 속의 자신을 겨누었던 것이다. 고요에 치가 떨렸다. 청바지만 입은 몸은 온통 땀투성이였다. 리강은 다시 안락의자에 축 늘어졌다. 권총을 갓등 아래 내려놓았다. 할아버지가 꿈에 나타난 것은 이남에 내려오고 나서 처음이었다. 그것도 그런 불길한 모습이었으니 예사롭지가 않았다. 할아버지는 두 살 무렵 양친을 동시에 잃은 리강을 일곱 살 때까지 홀로 키워 주다가 작고했다. 리강은 고아가 되었지만 당당하게 성장했다. 리강은 일곱 살 때까지 할아버지에게서 받은 영향만으로도 일생을 유치하지 않게 버틸 자신이 있었다. 게다가 할아버지는 역사 속에서 영원히 살아 끝없이 리강을 가르치고 있었다. 할아버지는 사람을 많이 죽인 사람이었다. 그러나 그 실존을 부끄러워하지 않는 영웅이었다. 리강의 조부 이장곤은 일제 경찰들이 블랙리스트 맨 윗줄에서 대접하는 걸출한 테러리스트였다. 그는 총보다는 칼과 폭탄을 즐겨 사용했으며 단체보다는 단독으로 치고 빠지는 스타일이었다. 과묵했고 톨스토이를 애독했다. 벗들에게는 다정다감했으며 적들에게는 무자비했다. 우수가 깃든 미남이어서 여자들에게도 인기가 많았다. 의열단 단원이었던 그는 중국 혁명에도 깊숙이 관여하다가 조선 민족주의자들의 항일 국제여단을 조직해 사령관이 되었다. 그는 광복을 맞고서는 임시정부를 따라 남한에 들어왔는데 친일파들이 득세하는 꼴들에 환멸을 느껴 북한으로 넘어갔다. 1972년경 그는 무슨 이유에서인지 자진해 노동당 고위직에서 물러났다. 1984년 노환으로 영면. 애국 열사릉에 안장. 리강은 그의 이름에 먹칠을 하지 않는 손자가 되고 싶었다. 리강은 인간은 제 운명의 주인이라고 배웠다. 리강은 스스로에게 물었다. 네 운명의 주인은 너인가? 리강이 안락의자에서 일어났다. 잠시 뒤 리강은 전신 거울을 반듯이 세우고 그 앞에 섰다. 군모까지 쓴 정식 인민군복 차림이었다. 그의 왼쪽 가슴에는 김일성훈장이 달려 있었다. 진짜 레닌의 어금니였다. 리강이 오른손에 쥐고 있는 권총은 오남철이 준 68식이었다. 리강은 입안으로 총구를 밀어 넣었다.

24

안락의자에 앉아 있는 그대로 리강은 눈을 떴다. 군모와 권총은 잠이 든 사이 카펫 바닥으로 굴러떨어져 있었다. 그가 평양에서 돌아온 지 5일째 되는 아침이었다. 리강은 다시 눈을 감았다. 리강은 이전에 이선우와 함께했던 술자리를 회상했다. 이선우는 지갑 사이에 아주 작은 성경을 끼고 다녔다.

기독교 신잡니까?

보면 몰라? 사탄이야. 예수처럼 십자가에 못 박히지 않으려면 틈틈이 복습을 해야지. 남의 실수를 잘 봐 둬야 똑같은 사고를 안 당하는 법이거든. 여자 없이는 살아도 말씀 없이는 살 수가 없지. 성인들을 연구하면 얻을 게 참 많아. 그렇게 복잡했던 인간이 결국 이렇게 단순해진 끝에 신이 되는구나. 뭐, 그런 걸 깨닫게 되지.

신······.

······왜 자꾸 날 찾아와 술을 사 주지? 당신 혹시 짭새야? ······아

무리 봐도 그건 아닌 것 같고. 도에 관심이 있냐고 물어보는 것도 아니고. ……난 배경이 없어. 하루 벌어 하루를 공양하는 민주 시민, 어, 뭐, 약간의 불법을 행하는 민주 시민일 뿐이야. 국가의 책임이 크지. 아무튼, 당신이 뭐하는 작자이건 간에 내 후다 따서 득 볼 게 없단 뜻이야. 난 더 이상 잃을 게 없어. 아무것도 무섭지 않아.

선생 얘기 듣는 게 재밌는 것뿐입니다.

아아, 그거야 다들 그래서 지겨운 찬사고. 나 싫어하는 사람이 어디 있나.

…….

당신, 친구 없어?

…….

없어?

없는 거 같네요.

그래. 호감이 가는 인상은 아니야. 하지만 그 나이에 친구가 전혀 없다는 게 말이 되나. 날 만나고 있을 게 아니라 신비주의자들이 모여 있는 병원에 가 봐야 하는 게 아닌가 해서.

…….

……왜 하필 나야?

네?

왜 하필 내가 비호감인 당신의 유일한 친구가 되어야 하냔 말이지.

……글쎄요.

에이, 인간이 주체성이 없냐? 자신의 의견을 떳떳하게 표명하면서 살란 말이야. 음…… 약장수랑 중독자가 이렇게 사적으로 친분을 맺는다는 게 결코 아름다운 풍경은 아닌데? 삼겹살 몇 점, 통일 진로(統一眞露) 몇 잔에 내 삶의 염결한 미학을 팔아먹어야 하는 건가? 문젠데.

어디 좋은 데로 자릴 옮길까요?

어. 오해한 거야? 못쓰겠네? 당신 속물이야? 내가 제일 혐오하는 게 속물이야. 달을 가리키면 달을 봐야지 손가락을 보고 앉아 있으니. ……뭐, 분위기 돌아가는 거 봐서. 과음을 하면 내일 또 잔잔하게 철학하는 데 지장이 생길 수도 있으니깐. 내가 시간 다루는 게 몹시 까다로워.

…….

……어디 좋은 덴 있고?

이선우는 술을 빨리, 많이 마셨다. 수차례 리강은 맛이 간 이선우를 업어서 여관방에 눕히거나 그가 홀로 지내는 반지하 방 문 앞까지 부축해 주고는 집으로 돌아갔다. 이선우는 필름이 자주 끊겨 자기가 했던 얘기들의 상당 부분을 기억하지 못하는 것 같았다. 그래서 스스로를 그렇게 무시하고 있는지도 모른다고 리강은 생각했다. 그는 리강의 등에 눌어붙어서도 우리 형이 어쩌고저쩌고 하며 드문드문 웅얼거렸다. 리강은 그리워하고 싶은 누군가를 그렇게 아무 가책 없이 맘껏 그리워할 수 있는 그가 부러웠다.

이선우는 술집 텔레비전 9시 뉴스 속의 모든 것들을 욕하고 조롱했다. 가령 통일 대한민국 대통령은 국토를 가지고 땅 투기를 하는 개새끼였고, 이북 사람들을 대상으로 한 의료보험 실시는 거지에게 깡통에 대한 상속세를 걷는 짓이었다.

계속해서 앵커는 과거 북한의 핵 시설에서 근무했던 131지도국 예하 부대원들이 방사선 오염으로 고생하고 있다는 소식에 이어 한 중년 남자가 이북 출신 비정규직 노동자들의 권익을 외면하는 이남 노동단체들에 항의하며 분신하는 장면을 전하고 있었다.

너는 우리나라에 우파와 좌파가 존재한다고 생각하냐?

……있는 거 아닙니까? 정당이 있고…….

너 북한 사람들 싫지?

…….

우리 남한 사람들끼리 있을 땐 좀 솔직해져 보자. 청와대 홈페이지 게시판에 안 올릴 테니까 쫄지 마. 좋진 않지?

……네.

나도 싫어. 남한 놈들은 더 싫고. 북한 사람들은 싫기 이전에 짜증이 나는 거지. 짜증. 가진 게 없어서 그런지 몰라도 나는 그래. 뭐냐? 그 떨떠름한 표정은? 너 위선 떠는 거야? 더 외롭게 살고 싶어?

아닙니다. 저도 그렇습니다.

애당초 대한민국에는 우파도 없었고 좌파도 없었어. 대한민국은 그래. 없는 걸 있다고 우기는 게 대한민국이야. 안 그러면 그건 대한민국이 아니야. 우파가 뭐냐? 우파의 궁극적 목표는 애국이야. 애국. 이렇게 애국 안 하는 우파들이 어딨어? 오죽하면 일본 극우 애들이 자기네 역사관을 표절하지 말라고 걔들한테 화를 다 내냐? 좋아. 욕해야 되니까 까짓것 우파가 있다고 치자. 마땅히 우파들이 앞장서서 해야 할 일들을 엉뚱한 놈들이 대신하면서 뺑이를 치잖아. 그러면 우파들이 그걸 또 가만 놔두지 않고 달려들어 탄압을 해요. 독립운동을 하면 삼대가 망한다잖냐. 나라와 민족이 작금 절체절명의 위기에 처하였으니 나가서 용감히 싸워라. 언젠가 힘을 되찾으면 이 나라와 이 민족은 너만이 아닌 네 후손에게까지도 꼭 보답하마. 이런 게 있어야 제대로 된 우파의 국가인 거야. 독립운동? 야, 이젠 더러워서 지나가는 개들도 안 하겠다. 친일파 문제는 어리바리한 시민 단체나 경로당보다 못한 역사연구회에서 정리하는 게 아니야. 진정한 우파들께서 손수 해 주셔야 하는 거지. 자기들이 무슨 짓을 저지르고 있는지 개들은 몰라. 왜? 우파가 아니거든.

　…….

　좌파? 이것도 욕해야 되니까 일단 있다고 치자. 개들처럼 지독한 장사꾼들이 세상에 또 없어요. 나는 개들이 잔대가리로는 더 재벌같아. 우파들은 무식해서 간단하기라도 하지. 개들은 엄청 복잡한 속물들이에요. 남한의 좌파는 낭만주의였어. 청춘의 아련한 추억이고. 자아도취지. 억울하다? 야, 성경 말씀에 그 열매를 보고 그 나무가 뭔지 안다고 했어. 개들이 나중에 온갖 분야에서 저마다 한자리씩들 해 처먹고 한 일들이 뭐가 있어? 자기들 배불리고 어디 가서 축사나 읽어 대고 술자리에서 골 빈 년들이 어머, 선생님 정말요? 그러는 거나 즐기면서 마치 고독한 척 어른 행세한 것 말고 뭐가 있냐고. 진짜 사회주의자는 말이야, 제 애비가 정주영이라고 해도 사회주의자인 놈이어야 해. 어디 있냐? 그런 놈이. 나한테 연락 좀 부탁한다고 그래라. 통일 이후에도 그래, 좌파들이 이북 노동자들한테 하는 소행들이 어떠냐? 방금 뉴스에서도 함경도 아저씨 하나 천국 갔잖아. 또 우파들이 누구냐? 통일 전에 그렇게 북한 인권을 들먹이던 사람들 아니냐. 그걸 걸고넘어지면서 식량 원조에 반대하던 양반들이 아니냐고. 뭐냐? 통일이 되고 나니까 이북 사람들 바로 왕따시켜 버렸잖냐. 통일 전에 우파들은 북한 사람들을 걱정했던 게 아니라 그들에게 공으로 퍼 주는 게 아까웠던 거야. 좌파들은 동포애를 주둥이로만 나발거렸을 뿐 막상 옆집에 이북 사람들이 살게 되니까 너무 좆같은 거고.

그럼 뭡니까?

뭐냐고?

네.

회사원인 거지. 양쪽 다 회사원. 현실에서 제 잇속만 챙기는 회사원. 짤리거나 진급이 안 될까 봐 전전긍긍하는 회사원. 과자 던져 주면 냠냠 좋아하는 회사원. 국회의원들만 회사원이 아니야. 종교인들과 예술가들까지 전부 회사원이니 나머지 놈들은 말 다 했지. 종교인은 거론하기가 귀찮다. 관두자. 예술가는 뿔 달린 수도승이야. 균열이 없는 가슴에서 나오는 미학을 어떻게 믿을 수 있어? 회사원이 되지 말아야 그 사회가 건강해지는 사람들이 있어. 그들이 진짜 회사원들보다도 훨씬 옹졸한 겁쟁이가 돼 버린 거지. 늑대여야 하는 자들이 모조리 애완견이 돼 버린 거라구. 누가 키우고 있는 것일까? 물론 그렇게 알아서 기거나 길들여진 놈들이 더 한심하지만. 현실에서 죽음 이후를 겁낼 필요가 없는 사회는 희망이 전혀 없다. 너 말이야, 뭐하는 놈인 줄은 모르겠는데, 한국에서 출세하고 싶거든 절대 비판하지 마라. 비판은 곧 죽음이다. 죽음. 정 하고 싶은 얘기가 있거든 열라 큰 그림을 그려서 얘기해. 못 알아듣

게. 회사 중역들이 기분 상하면 그날로 좆 되는 거야. 정말 평생 죽기로 싸우고 나서 져도 절대 후회 안 한다는 열정이 확고할 시에만 비판해. 지금은 비록 처절하게 당하고는 있지만 훗날 부관참시라도 해서 반드시 복수하겠다는 각오가 네 운명이 됐을 때나 비판해. 그럴 자신 없으면 비판하지 마. 당해. 어차피 그런 투쟁을 할 수 있는 독종은 해안가 백사장에서 다이아몬드 줍는 것보다 드물어. 어떠한 변화도 기대해선 안 돼. 까불다간 죽는 거야. 네가 비판하고 싶은 게 뭐든, 비판하지 마라. 한국에선. 근신이 너를 지키며 명철이 너를 보호하여 악한 자의 길과 패역을 말하는 자에게서 건져 내리라. 잠언 2장 11절로 12절 말씀, 아멘.

……흠.

이 사회는 괴상한 정의감이 있어. 큰 정의에 대해서는 솔깃해하지만 신체 장애인이나 정신 장애인은 수치스럽게 생각하지. 폭력이지. 폭력. 만일 누가 내일 당장 군부 쿠데타를 일으켜 정권을 장악한다면 반대할 사람이 과연 몇이나 있을 것 같아? 제2의 박정희가 등장해 주기를 이남 사람들은 학수고대하고 있어. 이북 사람들은 제2의 김일성을 그리워하고 있는지도 모르고. 그런 이남과 이북의 동상이몽이 바라는 바는 베트남의 호치민이 아니야. 위대한 인간을 기다리고 있는 게 아니거든. 소심한 신을 기다리고 있는 거거든.

그럼 어떡해야 합니까.

뭘?

나아지려면 어떡해야 합니까?

내가 사도 바울이냐? 그런 걸 다 알게. 여태껏 뭘 듣고 앉아 있었어? 어떠한 변화도 기대하지 말라고 했잖아. ……통일이 되기 전에는 사는 게 고통스러웠는데 이제는 고통이 뭔지도 잘 모르겠어. 내가 형이 하나 있었다. 있으나 마나 한 직업이 시인이었지. 내 입에서 쏟아지는 잡소리들 때문에 행여나 날 우러러보지 마라. 대부분 형이 나한테 주저리주저리 떠들었던 것들 표절이니까. 통일되기 딱 3년 전에 죽었어. 예전 예수들은 십자가 위에서 죽었지만 요즘 예수들은 지하 단칸방에서 죽지. 형은 너무 많이 알고 있었어. 그걸 다 감각하느라 힘들어하다가 죽은 거야. 너무 많이 알고 있으려면 힘이 있어야 해. 힘이 없으면 말을 하면 안 되는 거고. 왜? 죽으니까. 회사원들은 사람의 말을 듣는 게 아니라 그 말을 하는 사람이 누구냐를 중요시하거든. 형이 요절해서 부모를 잃은 것 같았는데, 늘 서럽고 가슴 아프기만 했는데, 이제는 그렇지 않다. 이 더러운 꼴들 안 보고 죽은 형이 부럽다. 재밌는 건 말이야, 통일이 날벼락 맞는 것처럼 별안간 됐잖니. 그런데도 형이 평소에 도대체 제가 정치에 관심을 갖는 게 가당키나 하다고 유독 통일 이후에 대해서 얘기를 많이 했었거든? 아주 사소한 일들까지. 으아, 그것들이 지난 5년간 하나둘씩 착착 다 맞아떨어지고 있는 거야. 등골이 오싹하다니까. 『공산당 선언』의 첫 줄이 이렇게 시작하거든. 지금 유럽에 유령이 떠돌고 있다. 공산주의라는 유령이. 나는 지금 이 나라에 내 형의 유령이 떠돌고 있는 것 같아. 나한텐 그게 보여. ……에이, 절에 들어가 중이 됐어야 했어. 생각을 끊어야 해. 다 형 때문이야. 형이 생각하는 법을 가르쳐 줘서 그래. 자기만 편한 데로 가고.

…….

너는 꿈이 뭐냐?

꿈요?

그래. 꿈.

모르겠습니다.

아이고, 이거야 원. 친구도 없고, 꿈도 없고. 왜 사냐? 여자 없이
는 살아도 꿈 없이는 살 수가 없지. 나는 아프리카 오지로 갈 거야.

아프리카요?

그럼.

……뭣 때문에?

토인들의 왕이 되는 거지. 왜, 프랜시스 포드 코폴라의 「지옥의
묵시록」을 보면 말이야, 말론 브란도가 밀림에 들어가서 미개인들을
이끌고 왕국을 건설하잖아. 사악하고 퇴폐적인. ……너무 진지해서
도통 농담을 못 하겠구만. 추장 딸이랑 결혼하려고 그런다. 왜?

…….

내 과거가 아무런 의미도 갖지 못하는 곳에서 여생을 보내고 싶
어. 멸종 직전의 언어를 처음부터 한 글자씩 정성스럽게 익혀 가면
서. 내가 뭐하던 놈인지 묻지도 않고 내 머릿속에 뭐가 들었는지 책
망 안 하는 그런 곳에서. 내가 추위를 무지하게 타거든. 그래서 극
지방은 좀 그렇고, 아프리카가 괜찮겠다 싶어서. 나는 가난한데 걔
들도 가난하니까 무시당할 것 같지도 않고. 태양이 용광로처럼 이
글거리고 노을이 석류 같은 곳에서 살고 싶어. 그래. 암만 머리를
굴려 봐도 아프리카 오지 이상이 없는 거 같아. 또 누가 알아? 정말
로 추장 딸이 날 좋아해서 졸지에 팔자가 필지.

……

넌 다른 나라 가서 살 생각 없냐?

있습니다. 뉴질랜드가 그렇게 좋다네요.

그래. 너도 딴 나라 가서 살아. 뉴질랜드, 끝내주네. 거기서 양들이랑 지내. 난 아프리카에서 치타랑 지낼게.

……

……가는 거야. 개새끼들의 주접이 없는 곳으로. 어디든 이 골때리는 나라보다는 낫겠지.

……

리강은 생각했다. 저자가 북조선에서 태어나고 내가 남조선에서 태어나 자랐다면 이 자리의 대화는 무엇이 달라졌을까?

……

……

내 꿈이 뭔지 아냐?

말했지 않습니까.

뭘?

아프리카로 간다고.

내가 그랬어?

……

그거 아닌데.

그럼 뭔데요?

젊은이들을 괴롭히지 않는 노인.

꿈이 너무 크네요.

……

……

……너, 뭐하는 새끼진 모르겠는데, ……난 배우야. 연극배우. ……다시는 나, 찾아오지 마. 또 오면 죽여 버린다. ……너한텐, 약 안 팔아.

이선우는 탁자에 코를 처박고 곯아떨어졌다.

안락의자 위에서 리강은 다시 눈을 떴다.

그래. 병모는 내게 뭔가를 미안해하고 있었어. 뭔가를.

리강은 입고 있는 인민군복 상의 왼편에서 레닌의 어금니를 떼어 냈다. 그리고 장식장 서랍을 열어 작은 자주색 유리병을 들고 화장실로 갔다. 리강은 레드아이들을 좌변기 속에 몽땅 털어 넣었다. 물을 내리자 붉은 눈동자들이 소용돌이를 일으키며 악몽 속의 비명과 함께 사라졌다.

리강은 휴대할 수 있는 병기들을 간단히 챙겼다. 이제 남기정과 윤상희를 만나야 했다. 리강은 구두를 신으며 마루를 휘둘러보았다. 전신 거울이 있었다. 안락의자가 있었다. 그 옆으로 콘솔이 있었다. 그 위에 갓등이 있었다. 그 아래 68식 권총이 덩그러니 놓여 있었다. ……구식이어서 별 소용이 없는 물건이었다.

25

리강이 평양에서 돌아오기 1주 전.

"……에, 외부의 심리 모략전을 차단하고 이색 생활 풍조의 유입을 경계함과 동시에 우리 대동강 수뇌부의 안전과 제도를 더욱 믿음직스럽게 보위하겠노라는 결의를 다집니다. ……그동안 업무에 태공했던 것을 비판합니다. 저의 작은 일탈 행위 하나가 조직의 단결에 걸림돌이 된다는 사실을 깊이 자각하며…… 술을 지나치게 마시는 것은 옳지 않습니다. 저부터 모범을 보여 바른 술풍을 진작하여야 함에도…… 박창이 동무는 휴식일에 숙소의 공기갈이를 하지 않았습니다. 이를 비판합니다. 냄새막이 약도 치지 않았습니다. ……앞으로는 과업에 창발성을 발휘하여 부진한 성과를 경신하겠습니다. ……흐흑, 저는 당장 죽어도 불평이 없는 놈입니다. 동무들 앞에서 고개를 들 수가 없습니다. 갱치머리 없는 저를 세게 비판해주십시오. 사상전의 집중포화를 달게 받겠습니다."

땅굴 1호. 대동강의 정기 생활 총화 시간이었다. 오남철과 장군 도령까지 왕림한 그 자리에는 화급한 임무를 수행하고 있는 몇몇을 제외하곤 거의 모든 대동강들이 모여 있었다.

오남철은 북조선의 생활 총화를 대동강에서 활용하고 있었다. 자아비판을 하거나 남의 비판을 얻어맞는 그 괴로운 짓거리마저도 동철이 보기에는 특권이었다. 정단원이 아니면 생활 총화에 참여하지 못하기 때문이었다. 대신 그날 동철은 운 좋게 대동강의 생활 총화를 구경할 수 있었다. 오랜만에 오남철이 행차하는 고로 이런저런 시중을 들 접대원이 필요했기 때문이다. 조명도는 여러 웨이터들 가운데 동철과 서상옥을 선정했다. 남기정은 조명도가 자꾸 동철에게 집착하는 것이 못마땅했지만 어쩔 수 없었다.

최영환은 바람이 아닌 바람대로 사상전의 집중포화를 받고 있었다. 그를 고발한 자는 문 형사의 멱을 딴 김철수였다. 아무리 친한 사이라도 자기 차례가 오면 누군가를 지적해야 했다. 대동강의 평단원들은 3인 1조 구성이 기본이었다. 김 주석은 물체의 안정은 세 꼭짓점들에서 나온다는 원리를 제기하고 군부를 인민무력부, 호위사령부, 수도방어사령부, 이렇게 완전히 독립된 세 개의 부대들로 설계했었다. 서로가 서로를 감시하도록 하는 데에 세 명이 가장 효과적이라는 오남철의 지론은 오리지널이 아니었던 것이다. 최영환과 김철수 조에는 김덕곤이 속해 있었다.

최영환의 죄목은 사무실 근무를 김덕곤에게 떠맡긴 채 자기가 관리하고 있는 한 맥줏집 여주인과 남산타워에서 데이트를 한 것이었다.

"······저는 이남 악질 간나의 볼웃음과 다리매에 넘어가 제 업무를 김덕곤 동무에게 부탁하고 그 간나와 남산의 전망 식당에서 저녁밥을 먹었습니다. ······꿍돈을 슬쩍 내미는 손모가지는 단호히 뿌리쳤으나······."

"발언을 요청합니다."

땅굴 1호 안의 오남철 이하 대동강 일동은 깜짝 놀라 목소리가 터져 나온 쪽을 향해 고개를 돌렸다. 동철이 오른손을 높이 쳐들고 결의에 찬 표정을 짓고 있었다. 감히 있을 수가 없는 일이었다. 동철은 죽은 목숨이나 다름없었다. 남기정은 다리가 풀렸고 조명도조차 당황했다. 오남철은 동철을 유심히 봤다. 남기정이 나섰다.

"죄송스럽습니다, 단장님. 접대원 아입니다. 철이 없습니다."

"동무들은 진실의 반만을 알고 있군요!"

동철은 발언권도 없이 막무가내로 얘기를 시작해 버렸다. 오남철이 동철에게 접근하려는 주변을 손짓으로 무마했다. 장군도령의 입가에 싸늘한 미소가 맺혔다.

"진실의 절반만을 알고 있는 사람은 생명을 잃기가 쉽지요. 그러나 우리는 이미 생명보다 귀중한 것들을 잃어버렸습니다. 시체보다 못하지요. 우리가 이남에 어떤 목표를 가지고 내려왔는지 잊지 않았다면 어떻게 이렇게 태평할 수 있습니까? 우리가 우리조차 믿지 못한다면 조직은 과연 누구를 믿을 수 있겠습니까? 대동강 강가에는······."

이북 사람들은 다들 연설에 익숙했다. 어려서부터 학교와 수많은 회합들에서 발표하는 훈련이 축적돼 있는 까닭이다. 동철의 연설은 그러한 일반적인 수준을 훌쩍 뛰어넘어서 유독 기세가 등등하고 논리가 정연했다.

소년은 대동강변에 묶여 있던 군함 한 척을 거론하고 있었다.

1968년 김신조 일당의 청와대 습격이 실패한 지 며칠 뒤, USS 푸에블로 호라는 미국 정보함이 북한 해군에게 나포되었다. 함장 로이드 피트 부커는 국제 해상에 있었음을 주장했으나 북한은 선원 83명 중 한 명을 살해했다. 북한은 생포된 선원들을 선전용 사진으로 자랑스럽게 공개했는데, 사진 속 몇몇 선원들은 카메라를 향해 몰래 셋째 손가락을 세우고 있었다. 북한이 제일 어린 선원부터 차례로 처형하겠다고 협박하자 함장 부커는 결국 북한 해상을 염탐하고 있었다는 자백서에 서명하고 선원들과 함께 그해 12월에 풀려났다. 푸에블로 호는 원산항에 매여 있다가 후일 대동강변으로 옮겨졌다. 이것을 미국은 통일 이후에 북한의 핵탄두를 인수하면서 회수해 갔다. 이 일은 핵탄두를 빼앗긴 것과는 또 다른 의미로 이북 사람들의 마음을 골병들게 했다. 푸에블로 호는 인민들 스스로 얻어 낸 값진 승리의 상징이었기 때문이다.

동철은 바로 그 푸에블로 호를 되새기면서 이남의 물질 만능주의에 젖어서 날이 선 정신과 자존심을 상실해 가는 대동강들을 비롯한 이남의 이북 사람들 전체를 가열차게 비판했다. 소년은 불끈 쥔 양 주먹을 뒤흔들며 그야말로 신들린 듯이 떠들었다. 그것은 뛰어난 선동가의 광기였다. 처음에는 불쾌하거나 황당한 기색이 역력했던 대동강들도 점점 소년의 연설에 빨려 드는 것을 부정할 수 없었다.

소년은 다음과 같은 말로 긴 연설의 종지부를 찍었다.

"그렇습니다. 이제는 잃어버린 반쪽의 진실, 우리가 무시당하고 우리답게 살아가고 있지 못하는 이 현실을 타파하고 그 나머지 반쪽의 진실을 되찾아 생명이 위태롭지 않고 정신이 위태롭지 않은 우리가 되어 작게는 강성 조직을 이루고 크게는 이남의 북조선 인민 모두에게 희망을 줍시다."

무거운 정적이 흘렀다. 소년이 생사의 기로에 섰다.

그때 오남철이 노구를 들어 올려 천천히, 끊어서 박수를 치기 시작했다.

"격동스럽구만. 격동스러워. 피 타는 연설이었어."

대동강들도 엉겁결에 따라 일어나 박수를 치더니 장내는 이내 열렬한 찬동의 도가니가 되었다.

의자에 그대로 앉아 있는 장군도령은 이를 악다문 동철을 쳐다보며 또 한 번 싸늘한 미소를 지었다. 망연해진 남기정은 어떤 어렴풋한 우려가 그 종잡을 수 없는 실체를 드러내고 있음을 감지했다. 조명도의 눈매가 가늘어졌다.

"네 이름이 뭐니?"

"네! 김동철입니다!"

"김동철이. 웨이터라고 했지?"

"그렇습니다!"

"생활하는 데에 불편한 것은 없니?"

"없습니다! 대신 소원이 있습니다, 단장님!"

"소원? 뭐니?"

"대동강의 정식 단원이 되고 싶습니다! 목숨을 바치겠습니다!"

"……어허. 흠."

남기정이 재빨리 틈을 봐서 끼어들었다.

"단장님. 기특하게 생각하시고 그만 자릴 물리시지요."

"아니야. 아니야. 그렇게 볼 것만은 아니야. 네놈들, 저 아이의 용맹한 비판 잘 들었겠지?"

대동강들이 동시에 우렁차게 네, 라고 외쳤다.

"우리 정신의 썩은 살을 도려내는 연설이었다. 나부터 반성하게 되는구만. 고맙다, 김동철 동무."

"감사합니다!"

"너 대동강 하라."

"단장님. 그건 좀."

이번에는 조명도가 끼어들었다.

"아니야. 저런 아이가 조직의 방부제가 되어 준다면 나쁠 것이 없어. 이제야말로 쇄신이 필요한 시기야. 쇄신을 하지 않아 북조선도 망한 게 아닌가. 병은 초기에 바삐 고쳐야 하는 거야. 김동철 동무."

"네."

"너는 오늘부터 대동강의 자랑스러운 일원이다."

오남철이 다시 박수를 치기 시작하자 대동강들이 또 따라서 박수를 쳤다. 그 열광 속에서 팔짱을 끼고 앉은 장군도령은 불꽃이 튀는 눈으로 동철을 노려보았다. 동철이 그런 장군도령의 시선을 맞받았다. 동철은 입가에 비릿한 미소를 머금었다.

26

리강이 평양에서 돌아온 지 4일째.

광복빌딩 지하 1층 은좌의 어느 룸. 홍혜숙과 서일화, 그리고 양미와 다른 세 명의 이북 호스티스들이 통일 정부의 국방 장관 일행들과 놀고 있었다. 넥타이를 풀어 헤친 국방 장관은 연신 재미도 없는 농담을 퍼부으며 좌중을 억지로 박장대소케 했다.

양미는 어느새 술에 취해 제 파트너에게 전도를 시도하고 있었다. 홍혜숙은 머리끝까지 울화가 치밀었으나 자기를 왼편 겨드랑이에 서일화를 오른편 겨드랑이에 꼭 끼고 앉아 있는 국방 장관의 비위를 맞추느라 차마 오양미 성도를 제지할 겨를이 없었다.

국방 장관이 쉿, 그러며 뭉툭한 오른손 검지를 소 곱창의 단면 같은 입술에 갖다 댔다.

"무슨 소리 안 들렸어?"

"무슨 소리요?"

"방금 밑에서 사람 비명 같은 게 났는데?"

철렁, 한 홍혜숙은 애써 태연한 척 되물었다.

"에이, 소리가 나긴 무슨 소리가 났다고 그러세요?"

"아냐. 내가 눈은 나빠도 귀는 보배거든? 가만들 있어 봐."

국방 장관은 아예 테이블 옆으로 빠져나와 체통도 저버린 채 바닥에 엎드려서 귀를 눕혔다. 모두 국방 장관의 뜻밖의 행동에 어리둥절해 있었다. 서일화는 홍혜숙을 의미심장하게 쳐다봤다.

"홍 마담. 이 아래에도 뭐가 있나? 주방이 있나?"

"두더지가 있겠죠?"

"이상하다? 내가 분명히 들었거든?"

"장관님. 북한 망한 지가 언젠데 괴뢰군이라도 쳐들어올까 봐요? 나라 너무 열심히 지키시는 거 아녜요? 우리 장군님께서 격무에 시달리시나 봐. 예민한 미남이 과로하면 보통 그런 증상이 있지. 호호호."

홍혜숙이 서일화에게 눈짓을 했다. 서일화가 국방 장관에게 다가가 팔을 잡아끌었다.

"장군님. 양복 버려요."

"아닌가? 어, 그래. 알았어. 알았어."

홍혜숙이 이 상황에서도 계속 천국의 금빛 인테리어에 대해 지껄이고 있는 양미의 뺨을 거세게 올려붙였다.

"너 안 닥쳐? 이거 정말 순 또라이 아냐?"

손님들 앞에서 있을 수 없는 행동이었으나 관심을 다른 데로 돌려 보려는 나름의 계산이었다. 물론 양미를 패 죽이고 싶기도 해서였지만.

룸 안이 한순간에 썰렁해졌다. 홍혜숙이 호출 버튼을 눌렀다.

"홍 마담. 착한 아가씨는 왜, 아이고, 너 이름이 뭐였지? 양희? 양희 괜찮아?"

국방 장관이 역성을 들어 주자 벌건 죽상이던 양미가 서럽게 울었다.

"죄송해요, 장관님. 죄송해요, 이 대령님. 내가 이런 여자가 절대 아닌데. 오해들 마세요? 진짜 이러긴 처음이네. 술맛 떨어지셨죠?"

웨이터가 노크를 하고 문을 열었다.

"우리 장군님 모시고 감히 큰 결례를 저질렀으니 오늘 밤은 제가 쏩니다. 이 대령님. 이 화상 대신 저희 가게에서 저기 일화 다음으로 예쁘고 정상적인 아가씨 선보여 드릴게요. 꼭꼭 감춰 뒀던 애니까 놀라지 마세요? 아까 이 대령님이 이남 아가씨 찾으실 때부터 사실 알아봤어. 요번 기회에 취향을 좀 바꿔 봐요. 바닷가에 오셨으면 회를 주문하셔야지, 삼겹살을 시키시니까 이런 식중독이 돌잖아요. 은좌는 이북 아가씨 전문인데. 김 군아. 너 여기 이 물건 대기실에 박아 놓고 전자 음악단 당장 출동시켜. 그리고 홍이 들어오라고 그래, 홍이."

"넵."

양미는 훌쩍이며 가여운 문 형사님 어떡해, 가여운 병모 오빠 어떡해, 그러고 있었다. 웨이터 김 군이 눈물에 화장이 떡이 된 양미를 부축하고 룸을 나갔다.

"시원시원해. 좋아. 나는 홍 마담의 저런 면이 아주 좋아. 리더십과 카리스마. 군사작전을 방불케 하는구만. 남자였으면 국방 장관 감이야?"

다들 이번에는 진짜로 웃었다. 서른 번쯤 시도하니까 어쩌다 한 번 통한 것이다. 농담이 아니라 진심을 말했을 때만.

이북 출신 남자 악사 둘로 구성된 전자 음악단이 입장했다.

"얘, 일화야. 네가 한 곡 올려라. 저희 미녀 응원단, 화나면 장군 님 앞에서 옷 벗을지도 모른답니다. 호호. 그다음은 주체사상에 입 각해서 요령껏들 하시고. 오호호호."

분위기가 일시에 쇄신되었다. 리더십과 카리스마, 군사작전이 맞 았다.

서일화가 전자 음악단 앞에서 곱게 인사를 하고 노래를 시작했 다. 곡목은 「당신은 모르실 거야」. 당신은 모르실 거야. 인민군들이 당신 발밑에서 뭘 하고 있는지 당신은 모르실 거야. 땅굴 속에 붉 은 두더지들이 몇 마리나 있는지 당신은 모르실 거야. 국방 장관을 따라 그의 부하들도 손뼉을 치며 박자를 맞추었다.

홍혜숙은 목이 타는지 제 손으로 양주를 스트레이트 잔에 가득 채우고는 단박에 비워 버렸다. 홍이가 이 대령 곁으로 가 앉았다. 「당신은 모르실 거야」를 북조선 창법으로 부르고 있는 서일화의 표 정이 어두웠다.

27

리강이 평양에서 돌아오기 3일 전.

동철은 정식 단원이 된 뒤에도 서상옥과 한방을 쓰고 있었다.

서상옥은 만화책을 보고 있었다. 그것은 이남에 내려와서 그가 시름을 달래는 유일한 방책이었다. 서상옥은 주로 로봇이 주인공인 만화책을 골랐다. 북조선의 만화들은 공상의 세계를 다루지 않았으며 특히 로봇이 등장하지 않았다. 만화란 자고로 사람의 심성을 풍요롭게 키우는 역할을 해야 하는데 차가운 로봇은 이를 방해하며 또 어떠한 역경일지라도 인간이 직접 해결해야지 로봇의 힘을 빌린다는 것은 옳지 않다는 아름다운 취지에서였다.

기실 서상옥이 숙소에서 만화책에 몰입하는 진짜 이유는 동철이 무서워서였다. 함께 웨이터가 된 다음에도 동철은 서상옥을 냉랭한 침묵과 경멸의 눈초리로 철저히 무시했다. 뭐라고 꾸짖어 볼 요량이 아주 없었던 것은 아니었으나 잔뜩 독이 올라 황폐해져 있는 동철을 서상옥은 살벌해서 막상 건드릴 수가 없었다. 게다가 동철이 그 엄청난 배짱으로 광기 어린 연설을 하는 것을 목도하고 나서부터 서상옥은 동철에게 완전히 기가 질려 버리고 말았다. 동철은 정식 단원으로 인정받은 그날 이후로 서상옥을 더욱더 투명 인간 취급했고 소심한 서상옥은 그저 애먼 일이나 당하지 않았으면 하는 심정으로 만화 속 로봇에 의지하고 있었던 것이다. 서상옥의 소원은 어서 전자 음악단에 발탁돼 웨이터인 지금보다 돈을 훨씬 많이 벌었으면 하는 것뿐이었다.

그런데 그러한 동철이 서상옥에게 말을 걸었다.

"이봐, 상옥이."

"……너어, 너, ……돌았니?"

"닦아."

책상 의자에 몸을 돌려 앉은 동철은 구두를 한 짝씩 양손에 나눠 들고 있었다. 단원들에게 지급되는 검은 쇠가죽 구두였다.

"반짝반짝 닦으라."

동철이 벽에 등을 기대고 앉은 서상옥의 가랑이로 구두를 던졌다.

"우와. 너, 어른한테 그러는 거 아니야."

서상옥의 가슴이 방망이질 쳤다. 여기서 밀리면 앞으로는 더 굉장한 봉변을 겪겠다 싶어서 이를 악물었지만 웬걸, 그는 살기가 시퍼런 동철의 눈을 똑바로 쳐다보는 것조차 버거웠다. 동철의 눈은 사람의 눈이 아니었다. 승냥이의 눈이었다.

"네, 네 구두를, 내가 왜, 닦아? 너 정말 이러기야?"

"서상옥. 죽고 싶어?"

"너어, 이 새끼, 악종이구나? 웃기는 소리 그만하라. 안 들은 거로 할 테니."

서상옥은 달달달 떨리는 손끝으로 만화책을 베개 옆에 놔두고는 후들거리는 다리를 애써 다잡으며 냉장고 쪽으로 걸어갔다. 그리고 전 평양 금성학원 음악 교사 서상옥이, 혀가 타들어 가는 위기를 모면하기 위해 로봇의 도움 없이 스스로 기껏 궁리해 낸 명언이란 바로 이것이었다.

"점심에 먹은 돼지발쪽이 영, ……동철이. 그러지 말자. 내가 냉동기에 얼음보숭이를 딱 한 개 사다 놨는데, 그거 달고 시원하다. 너 줄게."

서상옥은 냉장고의 냉동실 문을 열었다.

"어? 이게 뭐지?"

아이스바 옆으로 거무튀튀하고 둥근 물체가 서리에 엉겨 붙어 있었다.

"어, 어, 으악!"

서상옥은 그 자리에서 뒤로 화들짝 나자빠져 버렸다. 와르르 진저리를 치며 정신이 나가 버렸다.

사람의 머리통이었다. 사막에서 죽은 채 말라붙은 도마뱀의 위장 속 쇠 의자 위에 묶여 있던 그 사내의 침울한 얼굴이었다.

"서상옥이. 어서 구두를 닦아. 구두를 닦는 것이 네 임무야."

28

소년이 악몽을 꾸다가 벌떡 상체를 일으켰다.

불 꺼진 방 안에 서상옥은 없었다.

그는 공포에 숨조차 제대로 못 쉬다가 소년이 잠든 사이 간단하게 짐을 챙겨 이북으로 도망쳐 버렸다.

현관에는 그가 닦아 놓은 소년의 검은 구두 한 켤레가 어둠 속에서도 번들거리고 있었다.

소년이 숙소 밖으로 나왔다.

소년은 한참을 배회했다.

남녀 한 쌍이 그들 말고는 아무도 없는 공원에서 키스를 하고 있었다.

소년은 누이를 강간하고 있는 토비에게 다가갔다.

소년은 조명도의 큰 칼로 그 토비를 죽였다.

소년은 누이를 구했다.

누이가 울부짖었다.

소년은 숙소로 돌아와 세면대 거울 앞에서 질척한 피를 물로 닦았다.

그리고 가위와 면도칼을 가져와 자기 손으로 머리를 자르고 밀었다.

오남철의 사택 수족관이 있는 방 침대 위.

장군도령이 벌떡 상체를 일으켰다.

오한에 흔들리는 그의 눈동자는 무언가 끔찍한 장면들을 보고 있었다.

울긋불긋한 열대어가 장군도령의 왼쪽 귀로 들어가 오른쪽 귀로 빠져나오고 있었다.

29

리강이 평양에서 돌아온 지 5일째.

리강이 자신의 아파트에서 외출하고 네 시간가량이 지난 뒤.

전신 거울 안을 한 사내가 스윽—지나간다.

사내가 카펫 위에 널브러진 인민군복을 발로 치운다.

사내는 뚜껑이 없는 양철 휴지통 안에서 뭔가가 창가의 햇살을 받아 번뜩이는 것을 본다.

사내가 다시 전신 거울 안에 있다.

사내는 왼편 가슴에 김일성훈장을 대 본다. 작업복과 레닌의 어금니는 잘 어울리지 않는다. 사내가 씨익—웃는다.

사내가 근엄하게 거수경례를 붙여 본다.

사내가 차려 자세를 취한다. 무표정이 된다. 살아 있는 인간의 것이랄 수 없는 무표정.

사내가 오른쪽으로 목을 돌려 얼굴의 왼편을 본다.

귀가 있어야 할 부분에 귀가 없다. 문드러진 아가미 같은 구멍이다.

사내가 레닌의 어금니를 바지 주머니에 쑤셔 넣고는 전신 거울 안에서 사라진다.

30

 리강은 남기정을 광복빌딩에서 멀리 떨어진 장소로 불러냈다. 일단 어제저녁 오 단장을 흔들어 놓았으니 조용히 숨어서 추이를 관망하는 것이 낫다고 판단해서였다. 오 단장이 고 형사를 만나 리강이 과연 어디까지 정확히 추적해 낸 것인가에 대한 상황을 살피고 향후 수습책을 강구할 수 있기 때문에 그쪽에는 한을설을 붙여 놓았다. 이 시점에서 오 단장과 고 형사가 머리를 맞댄다면 그것을 림병모의 살해자가 오 단장이라는 증거로 삼아도 무리가 없을 터였다. 리강과 남기정은 메마른 수영장의 밑바닥에 마주 서 있었다. 햇살이 따사로웠다.

 병모가 메모한 성경 구절 앞에서 남기정은 역시나 난감해하였다.

 "이쪽 경전은 기본 원리 정도만 공부해 놔서……."

 "……."

 "미안하다. 무슨 뜻인지 모르겠다."

"아닙니다. 뭐, 어쩔 수 없지요. ……근심거리가 있습니까?"

"……일없다. 그러는 너는?"

"……."

"전부터 말할까 했던 건데, 너 평양 가 있던 사이에 이북에서 어린아이 하나가 내려와 단원이 됐어."

"무슨 소린지 모르겠습니다."

"도대체 뭐가 어떻게 돌아가고 있는 건지. ……뭐, 사실 아무것도 아니다. 별의별 사건들이 다 벌어지는 여기서 기껏 애 하나가 우리와 똑같이 된 게 뭐 대수겠냐. 내가 주제넘게 마음이 약해졌어. 선생질 버릇을 아직도 못 버려서 그래. 열스럽다."

"단장이 승인한 겁니까?"

"안 그러고서야."

"그 애 어딨습니까? 호출하시오. 한번 봅시다."

"다른 녀석들과 업소 관리 나갔어. 신경 안 써도 인차 구경하게 될 거다. 그건 그렇고, 넌 요즘 뭐가 그렇게 바빠? 평양 다녀온 뒤로는 정신없이 밖으로만 돌고. 불쑥 나타나 어려운 성경 구절이나 들이대고."

"……."

"리 부장, 무슨 일 있는 거지?"

"……."

"아니라고는 말 못 하네? 리 부장, 너 혹시 여자 사귀니?"

"농담이 뭐 그렇습니까? 아니, 내가, 그렇게 보입니까?"

"고지식한 남자가 사랑을 하면 반드시 표가 난다."

"생사람 잡지 마세요."

"네 문제가 뭔지 알아?"

"……."

"넌 남에게 도움을 청하질 않아. 아니, 못 하는 거겠지. 주체성이 너무 확고한 거 아냐?"

남기정이 쓸쓸한 미소를 지었다. 리강도 마찬가지였다. 어딘지 모르게 삶의 갈림길을 앞에 둔 자들 같았다.

"……내가 철학을 공부해 보니까 말이야, 철학이란 게 딱 한 문장으로 정리가 되더라. 뭐냐 하면, 자기가 누구인지 탐구해 보는 거야. 죽음을 피할 수 없는 인간이 나는 누구인가를 묻는 것. 그게 철학이지. 그러고 보면 주체철학이 변질돼서 그렇지 그 출발 자체가 아주 엉터리는 아녔어. 주체철학사전은 사랑을 자주성이라고 정의하지 않니? 물론 혁명적 동지애를 지나치게 강조하긴 하지만. 사랑하는 사람이 스스로 존재할 수 있게 도와주는 것. 그것이 곧 사랑이다. 멋지지."

남기정은 생각했다. 철학이 정치적으로 악용되어 과학성을 잃어버리면 철학은 진리의 나침반이 아니라 악마의 입술이 된다. 그리고 이방인이 그러한 오류를 지적했을 때 그것을 물리치기 위해서 타락한 철학자는 역겨운 말발을 동원하기 마련이다.

─질량불변의 법칙은 만고의 진리였으나 아인슈타인의 상대성원리가 발견되면서 무너졌다. 요즘 과학자들의 과제는 발견되지 않은 원소를 찾아내는 것이 아니라 새로운 원소를 창조해 내는 데에 있다. 우라늄 동위원소인 U238번에 중성자를 쏘면 원자핵이 둘로 쪼

개지면서 새로운 원소가 튀어나온다. 우리 북조선을 기존의 어떠한 기준이나 법칙으로 재단하려 들지 마라. 멘델레예프의 원소주기표에도 아직 빈 곳이 있다. 우리의 체제와 사상은 지구상의 그 어떤 것들과도 비교할 수 없는 신생의 것이다. 장군님께서는 담배를 끊으셨지만 인민들에게까지 금연을 강요하진 않으셨다. 장군님께서 한마디만 하시면 우리 인민들이 마치 꼭두각시마냥 움직이는 게 아닌가 하는데 그것은 오해다. 교시가 나오기까지 인민들의 목소리가 수령에게로 집결되는 과정을 못 봐서 그런다. 뇌수가 신체 각 부위의 상황과 요구를 신경망을 통해 빈틈없이 감지하여 선택하듯, 각급 조직 체계를 통해 집결된 인민들의 청원을 놓고 연구와 토론을 거친 뒤 장군님께서 결심해 주시면 무조건 관철하는 것이 바로 우리식이다. 그렇다. 우리에겐 우리식이 있다.

이런 식으로 인민들을 미혹시켰으니 남기정은 철학자로서 명백한 죄인이었다. 남기정은 자신이 이러한 생활을 하고 있는 것이 역사와 학문에 지은 죄를 피와 자포자기의 벌로 감당하기 위함이라고 수도 없이 억지로 자위하곤 하였다.

"……오 단장이 장군도령을 끌고 다니는 것도 그가 과학을 잃어버린 미치광이기 때문이야. 사람은 말이야, 자기가 뭔가를 봤다고 믿잖아? 그러면 절대로 고집을 꺾지 않아. 조선민주주의인민공화국도 그래서 주체100년이 되는 해에 망태기를 쓴 거야. 과학이 아니라 미신이었기 때문에 망한 거라구. 상처만이 전부인 세상이 있다고 치자. 그러한 곳에서 단 한 사람만이 입을 다물고 있다면 그는 선지자 취급을 받게 되어 있어. 그런데 어느 날 그가 문득 입을 열어 말을 하기 시작했을 때 그의 메시지가 사람들을 절망과 분노 속에서 구원할 만한 해답이 아니라면? 사람들은 그 순간부터 홀린 듯 죄책감 없이 서로를 죽이기 시작하게 돼. 우리 대동강들의 내면이 그와 비슷하다. 너와 내가 그렇다고. 북조선판 성삼위일체가 무너진 거지. 성부, 김 주석. 성자, 김정일 장군. 성령, 주체사상. 신앙은 공포에서 나오는 거야. 삶은 죽음보다 안전하지가 않아."

김 주석은 1912년 4월 15일 평양 근처 만경대라는 마을에서 태어났다. 기독교도였던 부모의 삼남 중 첫째였다. 한의사인 아버지 김형직은 미국인 선교사가 설립한 학교에서 교육을 받기도 했다. 어머니 강반석은 교회 집사였다. 이 부부는 장남에게 성주라는 이름을 지어 주었다.

"내가 보기엔 말이야, 정도의 차이는 있지만, 남조선도 과학과 이성이 주도하는 사회가 아니야. 이남 사람들 역시 이북 사람들처럼 절대적인 것을 무작정 갈망하는 에너지가 흘러넘쳐. 그렇지 않고서야 기독교가 이런 식으로 번성할 수는 없는 거지. 여기 내려와서 김구 선생의 『백범일지』란 걸 읽어 봤어. 순수의 극치더구만. 순결한 투사는 정치가로 성공할 수 없어. 그래서 그가 이승만에게 진 거야. 또 그가 삼팔선을 한 번이 아니라 수백 번 오갔던들 어차피 김 주석은 소련을 등에 업고 전쟁을 일으키게 되어 있었어. 만약 김 주석이 이남 출신인데 소련이 태평양 쪽에 있고, 이승만이 이북 사람이고 미국이 중국 옆에 있었다면 대한민국이 조선민주주의인민공화국이 되고 북조선이 대한민국이 됐겠지. 그럼 이남 사람들이 김 주석 밑에서 멀쩡했을 거 같아? 나는 이남 사람들도 종래는 우리 꼴을 못 면했을 거라고 확신해. 북이나 남이나 조선 놈들은 하나같이 과학적이지 않으니까. 미신이 신이 될 수 있는 가능성이 언제든 다분한 민족이야. 이남 사람들도 이북 사람들 앞에서 잘난 척할 입장이 못 된다는 얘기야."

"……."

"넌 통일 이후의 대한민국이 우리 때문에 이렇게 됐다고 생각해? 천만에. 그건 이남 사람들의 착각일 뿐이야. 여긴 원래 이랬어. 그게 통일 때문에 극심해져서 확연히 드러난 것뿐이지. 구더기는 썩은 살에 천사처럼 갑자기 나타나 들끓는 법이야. 아니라고 믿는 자들에겐 불행의 이유까지 제공하니 얼마나 좋아? 하핫. 나는 남조선이라고 해서 뭐 별것이 있는 줄 알았지? 사랑은 사랑하는 사람을 자주케 하는 것이라고? 맞아. 그런데 이북 사람들과 이남 사람들은 서로를 사랑하기엔 너무 멀리 와 버렸어. 저 끔찍한 시점에 거의 다 다른 것 같다. 머지않아 상상을 초월하는 참상들이 펼쳐질 것 같아. 나는 여기서 그것들을 겪으며 끝까지 내 거짓의 죗값을 치를 작정이야. 하지만 리 부장 너는 달라. 너는 나라를 지키는 순결한 군인이었잖니? 그 허위로 유지되던 나라가 사라졌으니 어디서든 새롭게 시작할 자격이 네겐 있어. 아직 젊고 영혼이 남아 있을 때 이 화약고를 떠나. 여자가 있다면 그 여자를 데리고 네 조국이 되기에는 서러운 이 조국을 떠나라. 그리고 그곳에서 네가 누구인지를 너 자신에게 물어봐. 네 인생의 답을 구하고 얻어 내. 미신은 운명이 정해져 있다고 우기지만, 아니야. 운명은 스스로 개척하는 거다. 그게 과학이지. ……오 단장은 이해할 수 없고 이해해서도 안 되는 괴물이다. 미치광이를 어떻게 이해해? 무엇에도 얽매이지 마. 무언가 하나의 노예가 되면 다른 모든 것들을 소유한다 해도 세상을 용서할 수 없는 사람이 돼 버려. 오남철이 그런 인간인지도 모르지."

"……."

"……아무래도 오 단장이 병모를 살해한 거 같아요."

"뭐?"

"그리고 그게 끝이 아닌 것 같고요. 분명히 그 뒤에 뭔가가 있어요. 아직 확실한 물증은 없는데 정황이 그래요. 만약 정말로 그렇다면 병모는 나와 연관된 무엇 때문에 죽은 거예요. 그놈 내가 평양으로 떠나기 얼마 전부터 내 앞에서는 말수도 적고 눈도 똑바로 못 쳐다보더라구요. 틀림없습니다. 뭔가 있어요."

"리 부장."

"네."

"너 이젠 광복빌딩 안으로 들어가지 마라."

"그건 또 무슨 소리요?"

"이 길로 떠나. 어디로든. 서러운 조국은 둘째 치고 우선 오남철에게서 달아나라. 그자가 얼마나 맹렬한 악마인지는 너도 알고 나도 알아. 병모가 누구에게 죽었든, 무엇 때문에 죽었든 너 이러는 거 실수하는 거야. 아무런 가치가 없어. 오남철과 대적하지 마라. 더 이상 지옥에 말려들지 말고 그냥 떠나. 그리고 다시는 돌아오지 마. 부탁이다."

남기정은 어지러운지 왼손을 뻗어, 수영장의 하늘색 타일로 뒤덮인 벽을 짚었다. 리강은 그와 자신이 물속에 마주 서 있는 듯하였다.

31

광복빌딩 6층 오남철의 직무실. 책상 건너편 벽면에는 커다란 흑백 패널 사진이 걸려 있었다. 1963년 6월 11일, 사이공 시내 도로 한복판에서 한 수도승이 남베트남 정부에 반대하며 분신을 하는 광경이었다. 흰 불길이 검은 온몸에서 활활 타오르는데도 수도승은 결가부좌를 튼 채 미동조차 하지 않고 있었다.

홍혜숙은 오남철이 없는 그 방에서 조명도와 단둘이 옥신각신하고 있는 것이 몹시 피곤했다. 조명도는 오 단장의 1인용 소파에 다리를 꼬고 앉아 회계장부를 들춰 대며 살살 약을 올리더니 급기야 당장 오늘부터 은좌를 무기 휴업하라는 거였다. 홍혜숙은 납득이 안 되는 정도가 아니라 조명도가 제정신이 아닌 것 같았다. 그러나 다툼이 길어지면서 홍혜숙은 점차 조명도가 무서워졌다. 믿는 구석이 없다면 조명도의 말과 행동이 절대 저럴 수는 없는 거였고 그 믿는 구석이란 어쨌건 위험천만한 것일 수밖에 없기 때문이었다.

"명도 오빠. 지금 나랑 싸우자는 거야? 여자랑은 싸우는 게 아니야. 노는 거지."

"오호."

"나도 체면과 입장이란 게 있잖아? 단장님까지는 아니더라도 강이 오빠랑 상의를 해 보고 결정해야겠어. 다짜고짜, 이건 아니지? 잘돼서 죽겠는 가게를 왜 갑자기 아무 이유도 없이 접으라고 그래?"

"혜숙이."

"……."

"볼웃음이 고운 혜숙이. 너무 야위어 보인다. 넌 몸까기 안 해도 충분히 날씬해. 일부러 굶고 그러지 마."

"……."

"혜숙이."

"……참."

"너 리강이 그렇게 좋아?"

"그건 또 무슨 소리야?"

"내가 그렇다는데, 리 부장이 뭐가 중요해?"

"몰라 물어? 이거 단장님 지시야? 그것도 분명하게 말해 주지 않고 있는 거잖아, 지금."

"하, 그럼 너는 나와 얘기가 안 통하니까 이 방을 걸어 나가자마자 오 단장한테 손전화질을 해 대겠구나? 리 부장한테도?"

"오빠. 그러니까 말이 통하자는 얘기 아니야, 지금."

"글쎄 말이다. 이리 와 봐, 지금."

"무슨 짓이야?"

"괜찮아. 이리 오래도."

"놔. 아파."

"간나야. 내 마음이 더 아프다. 말밥에나 오르내리는 건 사랑이 아니야. 이북 사내 맛이 리강만 끝내주는 것도 아니고. 내가 너 가지고 싶어 한다는 거 눈치채고 있었지?"

홍혜숙이 조명도의 팔을 뿌리치더니 따귀를 올려붙였다.

"뭐, 이런 씨발 놈이 다 있어? 존만 한 새끼."

"오호. 역시. 역시, 표표해. 혜숙이. 자꾸 나를 감동시키지 마."

조명도가 홍혜숙의 배에 주먹을 꽂았다. 홍혜숙이 헉, 하고 털썩 무릎을 꿇었다.

"사람은 자신을 잘 알아야 돼. 그게 똑똑한 거지. 아무리 공부를 많이 하고 세상 경험이 풍부해도 자기를 모르면 별 쓸모가 없는 거야. 너는 너 자신을 얼마나 아니? 너는 남에 대해서만 잘 알지? 그런데 어쩌냐? 그러면 너는 결국 남에 대해서도 잘 모르는 거야. 너 같은 여자와는 놀 수가 없다는 소린데, 싸우기도 싫고."

"……아. ……미, 쳤어?"

조명도는 뒷짐을 지고 창밖을 내다보았다.

"오 단장은 목록에 낄 가치도 없고. 리 부장과 너. 나는 너네들을 보면 진짜로 안타까운 게 있어. 너네는 너네가 나와 굉장히 다르다고 생각하는 모양인데, 아이고. 우린 똑같아. 똑같기 때문에 너네들이 나를 전혀 몰라도 자꾸 날 알은척하고 싶어 하는 거야. 아, 다른 게 있지. 리 부장과 너는 사랑을 몰라. 나는 사랑을 알고. 그게 참 달라. 북조선 단고기 맛이랑 남조선 개고기 맛이 다른 것처럼. 내가 근자에 일을 격하게 시켜 먹어서 녹초가 된 진정한 남자들이 여럿 있어. 내가 걔들한테 너를 선물로 주려고 해. 오늘 널 여기서 보자고 했을 때는 이러려고 했던 게 아니었는데, 너의 따슴성 없는 손가락총질 때문에 내 순정이 망탕 칼바람을 맞은 거야. 가서, 짐승들 품에서 진정한 여자로 실컷 살아 봐."

32

윤상희는 처음부터 어쩐지 불안해 보였다. 그리고 리강은 그녀
가 쏟아 내는 말들을 정리하고 해석하느라 멀미가 났다.

신축 초고층 빌딩의 드넓은 옥상이었다. 흡사 콘크리트로 펼쳐
놓은 사막 같았다.

리강은 자신이 불쑥 연락해 연유도 밝히지 않은 채 만나자고 하
였을 때 윤상희가 뜻밖으로 순순히 동의한 것이 고맙기에 앞서 의
아했다. 또 비밀을 유지하여 아무도 동행치 말 것을 윤상희 쪽에
서 요구한 것도 마찬가지였다. 그것은 오남철이 어디로 튈지 모르는
상황에서 오히려 리강이 그녀에게 당부해야 할 조건이었기 때문이
다. 이런 황량하고 썰렁한 곳을 윤상희가 약속 장소로 지정한 점과
특유의 당참이 증발된 듯한 그녀의 태도 역시 석연치 않았다. 당연
히 리강은 본능으로라도 경계를 하지 않을 수 없었으나 자신을 해
치려는 음모 따위를 윤상희가 품고 있다고는 생각지 않았다. 그러

기엔 우선 수법이 너무 뻔했고, 무엇보다 리강은 윤상희에 대한 막연한 믿음이 있었다. 논리로는 설명하기 부족한 믿음. 리강은 까마득하게 먼 아래를 내려다보았다. 퇴로도 지형지물도 없는 무원고립이었다. 여기서의 피습은 곧 죽음을 의미했다. 리강은 윤상희와 엮이기만 하면 은연중에 킬러로서의 수칙을 어기게 되는 자신이 생경했다. 막연한 믿음. 논리적으로는 설명이 부족한 믿음. 목숨을 잃게할 수도 있는 어리숙한 믿음. 믿음이란 어쩌면 남 고문이 철저히 부정하는 미신의 다른 얼굴인지도 몰랐다.

바람은 뭉게구름을 몰고 간간이 불었다.

리강은 윤상희가 강일물산이라는 명칭을 내뱉었을 때 깜짝 놀랐다.

리강은 자기가 만수산에서 사인한 계약서를 제대로 읽어 보지 않았었다. 기실 계약서에 강일물산은 표기되어 있지도 않았다. 오남철은 최열로부터 대전의 토지 3만 평과 상가 건물 두 채, 그리고 여러 유통업체들의 모회사인 도경물산을 인수하였다. 강일물산은 도경물산의 아주 작은 자회사로서 상위 계약에 의거해 그 소유권이 인정되며 본래는 세일식품이었던 것을 오남철이 이면 계약서상에서 강일물산으로 상호를 변경한 것이라 했다. 그 모든 과정의 실제는 리강이 평양에 가 있는 동안 림병모에 의해서 추진되었다.

"이상했어요, 임병모 씨."

림병모는 리강이 평양에서 돌아오기 2주 전쯤인가 사전 통보도 없이 한밤중에 홀로 윤상희를 찾아왔다. 림병모는 술이라곤 단 한방울도 마시지 않은 말짱한 정신이었다. 그것도 회사나 외부가 아니라 어디 사는지는 어떻게 알아냈는지 집으로. 윤상희는 어이가 없었지만 진짜 어이가 없는 것은 그다음부터였다.

"……진행하고 있는 계약을 내 재량으로 중단할 수 없냐는 거였어요. 황당했죠. 내가 그건 오 단장의 의사냐고 하니까, 다짜고짜 그건 아닌데 부디 그럴 수 없겠느냐고 간청하는 거예요. 맞아요. 간청이었어요. 물론 나는 그럴 수 없다고 했죠. 우리는 실무자지 결정권자가 아니지 않느냐고. 더구나 최 회장 입장에서 그 계약은 대단히 남는 장사였어요. 대동강과 화친을 맺는 정치적인 이득도 있었지만 오 단장이 도대체 왜 저러나 싶을 정도로 부동산 시세를 높이 쳐 주었고 도경물산은 이미 부도 직전의 골칫덩어리였거든."

림병모는 더 이상 조르지 않고 그냥 등을 돌리더니 큰길가로 터벅터벅 걸어가더라는 거였다.

리강은 그 일을 최열이나 오 단장에게 전하지 않았냐고 윤상희에게 물었다.

"그러지 않았어요. 나도 멍청이가 아닌데, 어떤 내막인지는 몰라도 임병모 씨가 무슨 개인적인 욕심을 채우기 위해 그런다는 느낌은 아니었거든요. 사업상 접촉하면서 내내 임병모 씨가 강직한 인물이라는 나름의 평가를 내렸는데 내가 눈 한 번만 딱 감아 주면 그 사람 목숨이 위태롭지 않을 수 있었어요. 오 단장이 대충 어떤 식인지는 소문만으로도 충분했으니까. 보스 몰래 보스를 방해하려 했던 거잖아요. 뭐, 임병모 씨는 자기 걱정은 하지도 않았지만."

이 이야기를 하고 있던 윤상희는 정작 다른 사안에 신경이 잔뜩 곤두서 있었다. 윤상희는 드디어 결단을 내렸다. 최열의 국화차에

혀끝이 닿으면 황소도 쓰러뜨리는 맹독 처리를 해 놓았던 것이다. 그런데 야릇한 것은 윤상희의 마음이었다. 그토록 오랜 세월 고대하던 순간이었지만 막상 복수가 이루어지는 마당이 되니 예상할 수 없었던 괴로움이 엄습했다. 어머니를 교통사고사로 위장 살해하고 자기를 안 보이는 새장 속에 가둔 채 관음했던 그 악마에 대한 응징의 핵심이 윤상희는 사뭇 혼란스러웠다. 자신의 행동으로부터 자신이 소외된 기분이었다. 자신이 원하던 것이 진정 무엇이었는지 모르는 상태. 어느새 최열이 국화차를 음미할 시간이었다.

리강이 갑자기 연락해 연유도 밝히지 않은 채 만나자고 하였을 때 순순히 동의한 것, 비밀을 유지하여 아무도 동행치 말 것을 요구한 것, 초고층 빌딩의 옥상을 의외의 약속 장소로 정한 것, 특유의 당참은커녕 불안해 보였던 것, 이 모두가 그 소치였다.

윤상희는 누구와라도 무작정 함께 있고 싶었다. 그러나 그녀에게는 그럴 만한 사람이 온 세상을 통틀어 단 한 명도 없었다. 마침 그때 윤상희의 절박함과는 전혀 상관없는 맥락에서 리강이 손을 내밀었고 그녀는 3일 전 그 밤의 어둠 속에서 희미한 불빛을 향해 뛰어갈 적에 그랬던 것처럼 그의 손을 잡았던 것이다.

"그 강일물산이라는 데는 뭘 취급합니까?"

"임병모 씨가 교회에 다녔잖아요. 그 교회가 대한민국에서 제일 큰 교회예요. 통일부에서 기독교 단체들과 공조해서 이북 사람들에게 식사를 무상으로 제공하는 통일급식소를 더 늘리려고 했어요. 음식물을 유통하는 체계가 필요했고, 그걸 맡게 된 게 세일식품이었던 강일물산이에요. 임병모 씨가 교회 관계자를 통해 그 일을 자선 사업 차원에서 따낸 거죠. 통일부나 기독교 단체들에선 마다할 까닭이 없었던 거고. 임병모 씨, 그걸 성사시켰을 때 무척 기뻐했어요."

"……아."

윤상희의 핸드폰에서 음악이 흘러나왔다. 윤상희는 몹시 주저하다가 겨우 통화 버튼을 눌렀다. 윤상희는 몇 초간 뭐요? 어, 어, 하면서 안절부절못하더니 저편에서 연결이 끊어진 핸드폰을 꼬옥 쥐고 멍하니 리강을 보았다.

"혹시 오늘 나를 불러낸 것에 다른 목적이 있었나요?"

"무슨 소립니까? 난데없이."

"나를 따로 잡아 놓으려는 의도라도 있었나요?"

"그걸 지금 설명이라고 하는 겁니까? 방금 전화가 뭐였는데 그러는 겁니까?"

"우리 쪽이 기습당했어요. 완전히. 당신네가 아닌가요?"

쑥대밭이 됐다. 어떤 자들인지는 모르겠다. 이곳으로 돌아와서는 안 된다. 최 회장님은 돌아가셨다. 절체절명의 아수라장 속에서 장용수가 윤상희에게 보고한 내용은 이것이 전부였다. 이후 장용수의 핸드폰은 전원이 꺼져 버렸다. 최열의 사인은 아직 물음표인 거였다.

"아닙니다. 날 믿어요. 대동강은 아닙니다. 내가 당장 확인해 보죠."

리강의 핸드폰이 진동하였다. 조명도였다.

—어, 리 부장.

"전화 잘했다. 우리 애들 움직인 거 없지?"

—그럼. 없지. 평소랑 똑같아. 멍청해.

"최열 쪽이 습격을 받았댄다. 무너진 모양이야."

—알아.

"알아?"

—응. 우리 단장님께서는 최 회장보다 영특하셔서 미리 도망치셨어. 장군도령은 내가 보관하고 있고. 둘을 떼 놔야 나중에라도 그 영감님이 귀신 놀음을 못 할 거라고 생각했는데. 야야, 장군도령, 이젠 말도 마라. 아주 산송장이 다 됐더라. 그래 갖고 무슨 얼어 죽을 예언을 하겠어? 내가 괜한 근심을 했던 거야.

"너, 지금 무슨 소릴 지껄이고 있어?"

—리강 소좌. 최열이 내가 쳤고 오 단장도 내가 쳤다. 내 귀여운 새끼들 시켜서.

"너어…… 죽을 작정을 했구나?"

—아니. 리 부장. 지금부터가 중요해. 지금부터 내가 하는 말들 잘 새겨. 함부로 설치면 안 돼. 부하들 아끼지? 애들이 내 명령은 할망구 잔소리고 너한테는 수령님 대하듯 충성을 다 바치지? 좋아. 만약 네가 수상한 낌새만 보이면 여기 애들 내가 전부 죽인다. 꽝포 아니야. 그럴 준비 완료됐다. 남 고문은 물론이고 을설이, 홍 마담까지 싸악—죽는다. 실수로 사람 죽이는 게 제일 나빠. 사람은 나처럼 계획을 세워 놓고 죽여야지. 그래야 죽는 것들도 억울하지 않을 게 아냐?

"이 새끼!"

—어허. 아직 연설 안 끝났어. 흥분은 천천히 해도 늦지 않아. 넌 성질이 너무 급해서 탈이야. 일단 들어. 내 밑으로 들어와. 내가

잘해 줄게. 언제까지 이 황홀한 나라에서 노인네 종노릇이나 하면서 살 거야? 새 시대인데 새 인물들이 이끌어 나가야지. 징그러운 정 때문에 여유를 좀 줄게. 모레까지다. 그 안에 조용히 복귀해. 잊을 거 잊고 처음부터 다시 시작하는 거야.

"명도, 죽여 버린다."

—아이고, 이 사람아. 그런 섭섭한 말씀은 진정을 좀 하시고 나서 하세요. 마지막으로 확인한다. 섣부르게 행동했다간 여기 인간들 줄줄이 따발총 맞고 땅굴 2호 화덕 100일 동안 탈 줄 알아. 너하나 자존심 지키겠다고 불쌍한 고향 동무들 황천으로 훨훨 날려보내지 마라. 골이 나쁜 놈이 깃발을 들면 인민들 전체가 지뢰밭으로 가는 거야. 너는 골이 좋잖아? 인간적이잖아? 그거 유지해. 어디냐?

"……으."

—윤상희 그 에미나이가 실종이라는데 혹시 너랑 같이 있나 해서.

"윤 실장 납치하려 했던 것도 너냐?"

—남조선 애들은 이럴 때 이러더라? 빙고. 아, 옆구리는 괜찮고? 너 윤 실장이랑 그렇고 그런 사이잖아? 구출해 주는 사이. 붙어 봤으니까 내 새끼들 실력 알지? 걔들이 너 존경한대. 친하게 지내고 싶대. 별안간 나타나서 놀래키고 그래서. 참고하고. 정말 생각 잘해라. 몸 챙기고.

각자 돌아갈 곳이 사라진 남녀가 뭉게구름이 닿을 듯 둥둥 높이 떠 있는 콘크리트의 사막 위에 마주 서 있었다.

33

한을설은 고 반장을 미행하고 있었다. 고 반장은 오남철에게 가지 않았다. 그는 광복빌딩 안으로 들어갔다. 네 녀석이 아주 내 뱃속으로 들어가는구나. 을설은 평상시 출근하는 것처럼 고 반장을 따라 제 뱃속으로 들어갔다. 그런데 고 반장이 이번에는 5층 리강의 집무실로 들어가는 거였다. 어? 왜 주인도 없는 빈방에 들어가고 지랄이지? 그때 을설의 핸드폰이 들들거렸다. 리강이었다.

"네, 리 부장님. 고 반장이 지금, 네? 윽."

한을설은 횡경막까지 무언가 강력하고 냉정한 것이 밀고 올라오는 것을 느꼈다. 칼이었다. 을설은 경련도 없이 즉사했다.

리강의 집무실 문이 빼꼼 열리더니 고 반장이 나왔다.

숨이 끊어진 을설이 흘러내리려는 것을 뒤에서 한 사내가 끌어안고 있었다. 링 퍼즐이 취미인 뱀의 꼬리였다.

계단 위에서 조명도가 걸어 내려왔다.

뱀의 꼬리가 을설을 휘감아 질질 끌면서 복도 저편 그늘 속으로 자취를 감추었다.

조명도가 을설의 핸드폰을 집어 들었다. 리강이 을설을 애끓게 부르고 있었다.

"야야, 시끄러워. 귀청 떨어지겠다."

"경고했잖아? 속고만 살았어? 우리가 그동안 소원했나 봐. 이렇게 신뢰가 없어서야. 왜 그렇게 내 진심을 몰라?"

"을설이는 네가 죽인 거야. 리강 소좌. 부하 사랑을 그렇게 이기적으로 하면 곤란하지. 너는 어떻게 네 입장만 챙기냐? 양심이 있어야지, 양심이."

"나 많이 참고 있는 거야. 하지만 봐주는 건 이걸로 끝이다. 모레 이후에는 남 고문부터 차례차례 사형이야."

"고 반장 내 앞에 있으니까, 행여나 자포자기하는 심정에 신고 같은 건 꿈도 꾸지 마라. 우리 같은 민주 시민들이 경찰한테 하소연을 하면 력사가 퇴보하는 거야. 우리한테는 우리식이 있잖냐?"

"아, 참. 너 누가 병모를 죽였는지 엄청나게 궁금해했지? 오 단장 맞아. 병모, 오 단장 칼에 죽었어. 총 맞은 게 아니라. 이유는 나도 모르고. 그게 그렇게 알고 싶으면 말이야, 신문에 광고를 내 보시든가. 보고 싶은 오 단장님 돌아오세요, 조 부장도 기다리고 있어요, 이렇게. 이산가족 상봉하면 눈물깨나 날 거다. 근데 그러려면 시간이 한참 걸릴 테니까, 여기 문제 말끔하게 해결하고 그리운 그분을 찾는 것이 나는 올바른 순서라고 봐. 내가 휴가 줄게."

"명심해. 을설인 네가 죽인 거야. 네 알량한 자존심 때문에. 다른 사람들에게 또 용서 못 받을 짓 하지 마라. 끊는다."

조명도가 을설의 핸드폰을 제 앞에 툭, 던져 놓고는 구둣발로 으깨 버렸다.

고 반장이 말했다.

"어딨대?"

"대강 짚이는 데가 있긴 한데."

"그런다고 들어올까?"

"얘 순수한 데다가 순진한 애야. 정의감도 풍부해. 영웅 심리도 다분하고. 병신이란 얘기죠? 병신. 이놈 혈통이 원래 그래요. 무모한 걸 자랑스러워하는 혈통. 죽이면서 물어보자구. 자길 똥개로 생각하는지 셰퍼드로 생각하는지. 아무튼 할 일을 한 거야. 어차피 을설이 저 새낀 무조건 죽였어야 했어. 저 새끼가 리 부장 안테나거든. 어, 속이 다 시원하다. 얼마나 기어오르던지. 얄미워서 죽을 뻔했네."

"오 단장은?"

"왼팔, 오른팔 다 잘린 노인네가 뭘 하겠어? 그 영감한테 나는 팔도 아니었지. 코털이었지. 코털. 쌍. ……대체 병모는 어쩌다 죽인 거지? 쑤얼쑤얼 무슨 꿍꿍이를 꾸미는지 통 모르겠네?"

"나라도 찾아볼까?"

"당신이 신문에 광고 내 보려고? 됐어."

"내가 불안해서 그래."

"순정만화 자주 봐? 왜 그렇게 마음이 삽삽해? 그래 가지고서야 이 풍진 세상을 어떻게 말아먹겠어? 아이고."

"아니야. 없애 버리지 않고는 뒤가 찜찜한 요물이야."

"거, 민중의 지팡이께서 사소한 현상들에 대해서는 신경을 좀 끄세요. 원."

34

장군도령은 광복빌딩 6층 오남철의 직무실로 옮겨져 조명도가 마련해 둔 간이침대 위에 누워 있었다. 장군도령은 죽어 가고 있었다.

소년은 창밖을 내다보았다. 바깥세상이 그리워서가 아니었다. 누구에게 사로잡혀 있건 간에 그것이 제 운명에는 아무 의미가 없다는 것을 소년은 잘 알고 있었다.

소년은 통일이 되어 수용소가 해방되었을 때 그 지옥에서 쏟아져 나오는 시체 같은 인파 틈에서 자신을 잡아끌던 한 노인의 거친 손을 기억했다. 그 손의 주인이 소년을 이 가슴이 얼어붙는 남쪽 땅으로 데리고 왔다. 그 손은 운명보다는 운명에 가까운 것이었고 소년에게는 운명도 운명에 가까운 것도 거절할 만한 힘이 없었다. 세상의 운명이란 가령 그러한 것이었다.

태어나 열 살 무렵까지 자랐던 그곳도, 그리고 지금 시들어 죽어 가고 있는 이곳도 소년은 이해할 수 없었다. 사람들의 앞날을 꿰뚫어 본다는 것은 공허했다. 어쩌면 소년이 이해할 수 없는 것은 세상이 아니라 제 몫의 불행을 어떻게든 피해 가려 안달이 나 있는 사람들이었다. 소년이 이해할 수 있는 단 한 가지는 인간이란 무언가 완전히 거덜이 나기 전까지 끝없이 다그치고 갈망한다는 것뿐이었다.

소년은 지쳤고 이제는 이해할 수 없는 모든 것들과 작별할 시간이 왔다고 생각했다. 그래서 소년은 아팠다. 신이 노해서가 아니라 이해할 수 없는 것들 때문에 아팠다.

문턱에 남기정이 서 있었다. 소년은 뒤돌아보지 않았다. 의미가 없는 것은 의미가 없었다.

남기정은 장군도령에게 무슨 말인가를 붙여 보려고도 하였으나 결국 그러지 못했다. 혐오하는 미신의 실존이 저기서 죽어 가고 있었지만 남기정의 눈에는 장군도령이 그저 괴짜 소년에 불과하였고 그것이 바로 남기정의 과학이었다. 그래서 남기정은 슬펐다.

남기정은 자기가 아침에 가져다 놓았던 그 모양 그대로의 식판을 들고는 문을 닫으며 방을 나갔다.

35

이선우의 반지하 방에는 이선우가 없었다. 리강은 세발자전거에 나 알맞을 법한 자물쇠를 걸어 냈다.

살림살이는 추레했다. 텔레비전과 소형 냉장고, 앉은뱅이책상과 비닐 옷장이 전부였다. 다만 책들이 상당히 많았는데 책장이 없으니 벽을 따라 쌓아 올려져 있었다.

리강은 이것저것 뒤져서 늦은 저녁밥을 지었다. 어지러운 순간들이 한바탕 휩쓸고 지나가니 겨우 허기가 밀려왔다. 리강은 구렁텅이 속에서도 기계적으로 움직일 줄 아는 군인이었다.

윤상희는 쭈그리고 앉아 리강이 하는 양을 지켜보기만 했다. 누구의 거처인지 묻지도 않았다.

윤상희의 머릿속은 온통 최열의 죽음으로 가득 차 있었다. 조명도에 의해 제거된 것일까, 아니면 내게 독살당한 것일까? 어떻게 죽었든 죽었다는 사실은 마찬가지였다. 윤상희는 생각했다. 지금 나는 무엇을 바라고 있는 것인가? 내 음모에 그가 죽었기를 바라고 있는가, 아니면, 그게 아니라면, 그의 죽음 자체를 이제 와서야 바라지 않고 있는가? 세상에서 가장 알 수 없는 것이 자신의 마음 같았다. 최열은 바위였고 오남철은 안개였다. 바위는 깨어졌고 안개는 사라졌다.

"앉아요. 먹고 기운을 차려야 대처할 수 있는 거요. 이럴 땐 잠시 단순해져야 합니다."

윤상회는 의외로 스윽 일어나더니 조촐하기 그지없는 만찬이 마련된 앉은뱅이책상 앞으로 와 앉고는 숟갈을 떴다. 윤상회는 젓가락질을 왼손으로 하고 있었다. 왼손잡이들. 리강은 오남철도 왼손잡이였다는 것을 상기했다. 이 시간 그는 어디서 무엇을 하고 있을까?

리강은 자신이나 윤상회나 긴장을 풀어야 했기에 말했다.

"함경도에서는 결혼식 날 신부 집에서 신랑 밥 속에 삶은 계란을 묻어 둡니다. 신랑이 신부에게 그 삶은 계란을 남겨 주는 양을 보고 신랑이 신부를 얼마나 사랑하는지 짐작하는 거죠. 신랑 집에서도 그래요. 신부 밥 속에 삶은 계란을 넣어 두고 신부가 식사를 마쳤을 때 그 계란의 남은 모양을 확인한 다음에야 신랑이 식사를 시작해요."

"예쁜 풍속이네요."

"치사하죠. 계란 하나 먹는 걸 가지고 사랑하느니 마느니를 따지고."

둘은 처음으로 함께 웃었다. 웃을 수 없는 처지에 놓인 한 남자와 한 여자가 함께 웃었다.

리강은 생각했다. 이북 사람들과 이남 사람들은 어쩌다 이 지경이 됐을까? 서로가 서로의 신랑과 신부가 됐더라면 이런 나라이진 않을 텐데. 돈은 그렇다 치더라도 마음만은 분단이 되지 않았을 텐데.

"……아까부터 장용수 걱정을 하고 있는 겁니까? 아니면 최 회장 죽은 게 슬퍼서 그러는 겁니까?"

"……"

"……"

"……나는 최 회장의 정부인 적이 없어요."

"……"

"이런 삶을 살고 싶었던 것도 아니고. 물론 선택은 내가 했지만. 어이가 없어요. ……내가 선택을 한 것 같은데, 분명 그랬는데, 어쩐지 내가 선택한 게 아니었어요."

"……"

"……"

"믿음직한 부하를 두셨더군요. 장용수, 무사할 겁니다."

"그래요? 낙천적이시네요. 굉장히 절박한 분위기였어요."

장용수가 살아 어딘가에 도사리고 있다 해도 윤상희에게 연락할 방법은 없었다. 리강은 윤상희에게 핸드폰의 전원을 꺼 두게 했다. 조명도에게 추적당할 수 있기 때문이었다. 본진이 무너져 쫓기는 수세 시에는 당분간 흩어져 상호간 연락을 취하지 않는 것이 원칙이었다. 목숨에 관한 원칙. 지키지 않으면 목숨을 잃게 될 수도 있는 원칙. 윤상희와 엮이기만 하면 자꾸 홀린 듯 어기게 되던 그 원칙을 이제부터 리강은 철저히 사수해야 했다. 스스로의 목숨은 물론이요, 구해 내야 하는 목숨들이 많은 까닭이었다.

"내가 가르쳤거든요. 그래서 잘 압니다. 쉽게 죽을 수 있는 사내들이 아니에요. 우리는."

"우리는?"

"……"

"……조명도에게 가려는 건가요? 복수할 작정이죠?"

쉽게 죽을 수 있는 사내가 아니었던 한을설을 리강은 자신이 죽였다고 생각했다.

"내가 해결하지 않으면 여럿이 다쳐요."

"그걸 조명도는 기다리고 있어요."

"압니다."

"복수하지 마요."

"……"

"죽일 수 있다고 해도 죽이지 마요. 다른 방법을 찾아보자구요. 있을 거예요."

"당신이 복수를 해 본 적 있습니까?"

"……"

"혹시 총 지니고 다닙니까?"

"아뇨."

"이거 받아요."

리강이 윤상희에게 건넨 것은 68식 권총이었다.

"……"

"사격은 해 본 적 있겠죠?"

"조금."

"어떤 일이 일어날지 몰라요. 필요할 겁니다. 탄창은 재어져 있어요. 작동도 간단하구. 구식이라서 먼 거리는 소용없어요. 숙달도 안 됐을 테니 그걸 바라고 주는 건 아닙니다. 가까이 있을 때는 요긴할 거예요. 그런 일이 없어야겠지만."

상황이 상황이다 보니 윤상희는 묵묵히 그것을 받아 들어 핸드백 안에 넣었다.

텔레비전 속 뉴스에서는 131지도국 예하 부대원들의 장례식이 나오고 있었다. 언젠가 이선우와의 술자리 건너편 텔레비전 속 뉴스에서 보았던, 북조선의 핵 시설에서 무방비로 근무하다가 방사능에 오염돼 고생하던 이들의 죽음이 시작되고 있었다.

홀연 리강의 뇌리를 스치는 불꽃이 있었다.

핵무기. 아. 병모. 림병모. ……림병모 중위는 생화학 부대 장교 출신이었던 것이다.

북조선은 핵탄두와 더불어 빈자의 원자폭탄이라 일컬어지는 생화학 무기들을 다량 개발해 두고 있었다. 북조선은 우습기만 한 나라가 절대 아니었다. 피죽도 못 먹는 사람들이 맨손으로 핵을 만들고 전 세계 제일의 생화학 무기 기술을 보유하고 있었다.

투명한 플라스틱 통에 삼중 사중 완전 밀봉돼 있었다는 그 백도라지. 아마도 그것은 소금처럼 생긴 마약이 아니라 모종의 생화학 물질일 터였다. 리강은 치가 떨렸다.

"……오 단장은 폭동을 일으키려고 해요."

"폭동?"

"틀림없을 겁니다. 만수산에서 우리가 두 번째로 만났던 날 차 안에서 오 단장이 그 비슷한 얘기를 했어요. 통일급식소 앞에 줄을 늘어선 이북 사람들을 보면서 저들이 폭동을 일으키면 남조선 사람들이 정신을 차리지 않겠냐고요."

"말도 안 돼요. 이북 사람이 이북 사람들을 해쳤는데, 그들이 이남 사람들에게 무슨 할 말이 있겠어요?"

"폭동은 논리로 일어나는 게 아닙니다. 누군가 화약고에 불을 붙이면 터지고 보는 게 폭동이에요. 다 불타 버리고 나서 이러니저러니 해 봤자 부질없구요. 폭동의 본질은 동기가 아니라 증오의 폭발 그 자쳅니다. 심지어는 국가와 국가끼리의 전쟁도 그래요. 전쟁 전에는 명분을 들먹이지만 전쟁이 진행되다 보면 명분 따위 애초에 없었다는 것을 깨닫죠. 그냥 작동되는 겁니다. 폭력이란 게 원래 그래요."

리강이 아프리카에서 생생하게 체험한 바였다.

"그래서 오 단장이 얻는 게 뭐죠? 자기 고향 사람들을 죽여서, 그걸로 이남 사람들을 괴롭혀 줬다고 그가 얻는 게 뭐냐고요?"

"모르죠. 그는 이해하기 어렵고 이해해서도 안 되는 괴물이에요. 적어도 엄청난 아수라장을 감상하고 싶어 하는 것만큼은 분명합니다. 일단 그것밖에는 모르겠어요. 하지만, 그렇게 거대한 희생의 대가로 불꽃놀이를 즐긴다? 부하도 죽이고 조직도 잃어 가면서까지? 그리고 정말 내가 궁금한 건 그자가 왜 꼭 내 이름으로 계약을 하려고 했느냐는 거예요. 나를 그토록 증오할 만한 개연성이란 게 없는데 대체 왜 그랬을까? 거기서 꽉 막혀요."

"오 단장이 새로 지정된 통일급식소들 쪽에서 사고가 나길 노리고 있다면, 그건 모레예요. 모레 아침부터 포장된 음식들이 배송돼요."

"그것들이 어디 있는지 압니까?"

"성남에 있는 큰 창고예요. 강일물산이 강일물산이 아니라 아직 세일식품이었을 때 몇 번 가 본 적이 있어요. 내부를 알아요. 기껏해야 창고지만 문들의 위치를 안다는 뜻이에요. 개시일이니까 전날 준비가 되어 있을 것이고, 새벽에야 강일물산이 움직이겠죠."

"약도를 그려요. 창고의 내부도."

"가려고요?"

"막아야죠. 조명도 쪽을 구경한 다음에. 나한테 운이 있다면."

"우리가 할 수 없는 일일 수도 있어요."

"우리와 상관없는 일은 아닙니다."

"……."

"혹시 말입니다,"

"……."

"문제들이 해결되면,"

"……."

"그러니까, 내가 무사히 돌아와서, 무사히 돌아온다면, 다른, ……어, 여기가 아닌, 다른 나라로 데려가 숨겨 준다면,"

그때였다.

"뭐야, 이거? ……약쟁이들 아니야?"

36

　―사람을 감찰하시는 자여. 내가 범죄하였은들 주께 무슨 해가 되오리이까. 어찌하여 나로 과녁을 삼으셔서 스스로 무거운 짐이 되게 하셨나이까.

　"이걸 메모하고 죽었다는 네 친구가 혹시…… 자살했어?"

　"……아뇨."

　"그럼 죄 없이 순결한 사람이었냐?"

　"왜죠?"

　"알고 싶으면 묻는 말에나 순순히 대답해."

　"아닙니다."

　"그러니까 천사처럼 살던 사람은 아니었다, 그거네?"

　"네."

　"이건 구약의 욥기에 나오는 구절이야. 욥이라는 남자가 있었어. 죄가 없는 사람이었으니까, 음, 뺑이지, 뺑. 그러니까 성경학자들도 가상의 인물이라 추정하는 거고. 하여간 악마와 하나님이 욥을 중간에 놓고 내기를 했어. 악마가 하나님을 살살 약 올렸거든. 욥이 당신을 지극 정성으로 섬기는 것은 다 저 새끼가 잘 먹고 잘살아서다. 불행해지면 십중팔구 당신을 원망할 것이다. 그래서 하나님이 욥에게 온갖 재앙들을 퍼부어. 시험에 들게 한 거지. 근데 열라 고생을 했는데도 욥이 하나님 뒷다마를 안 까고 용케 버텨서 더 큰 복을 받게 되고 악마는 존나 쪽팔리게 되었다, 뭐 대강 그런 얘기지. 그 와중에 욥이 하도 고달프니까 잠깐 정신이 나가서 한 소리가 바로 이 구절이야. 하지만 욥처럼 청정한 또라이는 세상에 없을 테니 네 친구가 어떻게 죽었든 그 무렵에 이 구절에 필이 꽂혔다면 뭔가 큰 고통을 겪고 있었다고 봐야 옳다. 그래서 하나님에게 하소연하고 있는 거지. 나는 죄인입니다. 당신도 알고 나도 아는 사실이지 않습니까? 당신은 절대자입니다. 나같이 하잘것없는 놈의 죄가 당신에게 무슨 피해를 입힐 수나 있다고 이런 중한 벌을 내리셨습니까?"

윤상희를 반지하 방에 남겨 놓고 리강과 이선우는 놀이터로 자리를 옮겼다. 이선우는 그네 위에 앉아 흔들거렸고 리강은 그 앞에 우두커니 서 있었다.

리강은 밤하늘을 올려다보았다. 숨이 막혔다. 병모는 얼마나 외롭고 괴로웠을 것인가. 눈을 잘 못 마주치던 그가 떠올랐다. 병모는 정말 신을 만났던 것일까? 아니다. 신이 아니어도 동포들을 생화학 무기로 학살하는 일을 자기도 모르는 사이에 맡게 되었다는 것을 깨달았을 때 그의 참담함은 얼마나 캄캄했을 것인가? 뿐인가. 그 천인공노할 짓을 막역한 상관에게 덮어씌워야 하니 그의 죄책감은 또 얼마나 무거웠을 것인가? 리강은 오남철을 절대로 용서할 수가 없었다.

"너 방금 뭐라고 중얼거린 거야?"

"……"

"내 욕 한 거냐? 욕하고 싶으면 차라리 나한테 기도를 해. 다 들어줄 테니까. 도대체 그건 앞다마도 아니고 뒷다마도 아니고 뭐야? 왜 구시렁대고 그래? 사내새끼가."

"……깊은 바닷속에 작은 알이 하나 있었어요."

"……"

"그 알을 깨고 자라난 물고기는 거대해졌죠. 비늘 하나가 군함만 했어요. 어느 날 그 거대한 물고기는 새로 변했어요. 깃털 하나가 군함만 한 거대한 새로. 그 거대한 새는 바다가 요동치자 하늘 끝까지 날아갔어요."

"너 연극에 관심 있냐? 왜 대사를 읊고 그래?"

"일곱 살이었어요. 그날 전 굉장히 우울했어요. 이유는 기억이 나질 않아요. 그냥 그 우울만 기억나요. 할아버지가 부모 잃은 나를 혼자서 키워 주고 계셨는데 다음 날 새벽녘에 돌아가셨어요. 어쩌면 할아버지가 그렇게 되실 걸 은연중에 느끼고 그랬는지, 뭐, 어린 내가 무슨 점쟁이도 아니었지만, 요즘은 가끔 그렇게 생각하곤 해요. 세상일이란 게 그렇잖아요. 이유가 없으면 그럴듯한 이유를 지어내는 거니까. 아무튼 그때 내가 너무 우울해하고 있으니까 할아버지가 이 얘기를 해 주셨어요. 마음이 이상하게 편해지더라구요. 더 이상의 설명도 없었어요. 나는 그 의미를 캐묻지도 않았구요. 어려서인지 그냥 그 얘기의 분위기에 취해 있었던 것 같아요. 조부가 내게 남겨 주신 유일한 유산이에요. 우울이 참기 힘들면 이 이야기를 웅얼거리는 게 버릇이 됐어요."

"그러니까 우울하다, 건들지 마라, 이 소리야? 야. 이 무식한 놈 아. 그거 장자잖아?"

"⋯⋯장자?"

"그럼 무슨 뜻인지도 압니까?"

"그게 뭐⋯⋯ 변화에 대한 얘기지. 변화."

"변화요?"

"변화."

그 이야기는 작은 알에 대한 이야기도, 거대한 물고기에 대한 이 야기도, 거대한 새에 대한 이야기도 아니었다. 그 이야기의 주인공 은 바로 변화 그 자체였다.

그것은 지극히 사소한 존재가 강하고 아름다워진다는 이야기였 다. 작은 알이 거대한 물고기가 됐다가 또 거대한 새가 되는 변화. 거대한 새란 자기를 초월해 위대한 변화의 가능성을 실현한 자다.

"⋯⋯이런 굉장한 변화가 기적으로 이루어지는 게 아니라는 거 야. 거대한 새는 해일과 폭풍을 타고 날아오르는 법이거든. 그리고 거대한 물고기와 거대한 새는 겉으로는 완전히 달라 보이지만 그것 들도 본래는 하나의 알이었다는 거지. ⋯⋯알쏭달쏭하냐?"

"⋯⋯."

리강은 할아버지가 그날 대동강변에서 어떠한 심경이었는지 비 로소 짐작할 수 있을 것 같았다. 그는 지금 리강이 그런 것처럼 답답하고 슬펐던 것이다. 리강은 할아버지가 왜 고위직에서 스스로 물러나 야인이 되었는가도 이해할 수 있게 되었다. 혁명가 이장곤은 인간의 길에서 아득히 멀어지고 마는 조국이 안타깝고 그 중심에 서 있었던 자신의 죄가 부끄러웠던 것이다.

이장곤은 이선우의 시인 형이 그랬듯이 조국의 암울한 미래를 내다보았는지도 모른다. 그는 하나의 알에서 출발한 이 분단된 민족이, 거대한 물고기가 거대한 새가 되어 해일과 폭풍을 박차고 날아오르는 변화의 장관을 펼쳐 내야만 희망이 있다고 믿었는지도 모른다. 그리고 그 이야기를 하면서 스스로를 위로함과 동시에 그 찾기 힘든 이야기의 본색을 어린 손자에게 마지막 선물로 주었던 것은 아닐까?

"우리는 변할 수 있을까요?"

"우리? 어떤 우리?"

"누구든."

"인간에게 기대를 걸지 마라. 다친다."

"내 직업이 뭔지 알고 싶다고 그랬죠?"

"뭐, 알고 싶다기보다는. 찝찝하니까."

"이름은 리강입니다."

"리?"

"평양에서 태어났습니다. 과거엔 군인이었고요."

"에? 북한 사람이었단 말이야?"

"네."

"근데 말이 어떻게 그렇게 남한 사람이야?"

"외웠어요. 자본주의를 외운 것처럼."

"햐. 훌륭하다. 훌륭해. 사기꾼이네, 사기꾼. 너 진짜로 타고났다. 직업은?"

"……."

"직업은?"

"……내가 누구인지 알고 싶은 사람입니다."

"……하이고, 고구려 양반, 웃기셔."

"……내가 누구인지 알아보려고 지금 어디로 가려고 하는 사람이요. 그게 접니다."

"그래. 무직인가 본데. 이북 사람들 처지가 다 그렇지 뭐. 근데 신수로 보나 술값 내는 걸로 보나 그런 것 같지는 않았는데? 거참, 도처에 거지 아니면 사기꾼이니, 이래서야 이 사회가."

"아까 그 여자 잘 좀 돌봐 주십시오. 당장은 어디 갈 수 있는 곳이 없는 여잡니다. 며칠 쉬다 보면 계획이 설 거예요. 이거."

리강이 내민 것은 돈뭉치였다.

"너 저 여자랑 애인 사이야?"

"아니요."

"……새끼, 너 저 여자랑 약 먹고 했지?"

"하핫. 아뇨."

"그럼 왜 이래? 저 여자 이북 여자야?"

"이남 여잡니다."

"잘 알아?"

"아니요. 이제 겨우 세 번째 만난 겁니다."

"거, 낯설게 미친놈일세. 그런데 왜 그러는 거냐고?"

"……애인도 아니고 잘 알지도 못하고 이북 여자도 아닌데……
그냥, 나 같아서 그럽니다. 저 여자가 나 같아서요."

"저 여자가 너 같아? 네가 저 여자 같고?"

"네."

"아휴, 쪼다. 그럼 저 여잘 네가 사랑하고 있는 거네."

"무슨 소립니까?"

"야. 내가 너고 네가 나인 건 사랑인 거야, 사랑."

"……"

"등신. 팔푼이. 너 나한테 성교육 받아라. 싸게 해 줄게."

"……금방 뭐라고 그랬습니까?"

"성교육 받으라고. 나한테."

"아뇨. 그 전에."

"아아, 네가 저 여자 사랑하고 있는 거라고. 사랑이라는 건 매니큐
어 칠한 것만 봐도 사랑이면 사랑인 거야. 넌 내 웬순 거고. 알았어?"

"내가 너고 네가 나라고 했습니까?"

"글쎄, 사랑이 그렇다고."

―어쩌니 강이야. 너는 너를 죽일 것이야.

설마. 리강은 부정하고 싶었다. 미신일 뿐이다. 예민해진 탓에 드
는 과대망상일 뿐이다.

리강은 한동안 망연해졌다. 이선우는 그네를 신나게 탔다.

그러고 있는 둘을 먼발치의 어둠 속에서 지켜보고 있는 뱀의 머
리가 있었다.

37

이선우가 반지하 방으로 돌아왔다. 윤상희는 벽면을 따라 늘어선 책들 중에 아무거나 뽑아 뒤적거리고 있었다.

"남의 주택에 함부로 들어와 있고 말이야. 불면증에 시달리는 소심한 아가씨라고 생각했는데 부뚜막 고양이였어?"

"아저씨. 아저씨가 나한테 지금 그러실 입장이 아닌 거 같은데? 아저씨 얼른 지옥 가서 화장실 청소해야겠어요? 뭐? 보물을 놓치려면 별의별 의심이 다 든다고?"

"······아, 아아, 그거?"

"어쩜 그렇게 천연덕스럽게 사람을 농락할 수가 있지? 사기꾼 아저씨, 아주 타고나셨어, 응?"

"그건 나의 실수였어. 순진한 내가 교활한 괴뢰군한테 속았던 거지. 센스가 그래서야 향후 떠돌이 생활에 지장이 많을 텐데?"

"관둡시다."

"오해를 푸셔. 친오빠다 여기고 편히 지내요. 나는 비키니 입은 미스코리아랑 단둘이 무인도에 갇혀도 함께 박수 치면서 찬송가 부르는 사나이니까. 그 호기심 많은 사춘기에도 추기경이 장래 희망이었다고, 내가."

"우, 총으로 쏴 버리고 싶다. 정말."

"총이나 있으면서 그런 말을 하면 무섭기라도 하지. 아우, 귀염둥이."

"후…… 리 부장님 어딨어요? 왜 안 와요?"

"갔어. 어디 간다는데? 무책임하게 아가씰 나한테 떠맡기더라구? 돈 한 푼 안 주고. 좌우간 뻔뻔한 인사야."

"아."

"화나지? 남자들이 다 그래. 나 같은 순정파가 어디 또 있겠나."

"……"

"저기, 미스, 어어? 그러고 보니까 우리 아직 통성명도 못 했네? 아가씨. 나 아저씨 아니야. 총각이야. 총각 오빠."

38

오남철의 고풍스러운 사택은 깜깜했다. 손전등을 든 고 반장이
그 안에서 방범대원 놀이를 하고 있는 이유는 도둑질할 것들이 많
았기 때문이다. 조명도는 리강에게 온통 정신이 팔려 있었다. 더없
는 기회였다. 흉가는 별것이 아니었다. 불이 꺼져 있고 사람이 하루
라도 살지 않으면 그것이 흉가였다. 으스스했으나 보람은 굉장했다.
현금과 금, 무엇보다 오 단장이 얼마 전 대동강들에게서 회수한 백
도라지가 엄청났다. 그 정도의 양이면 통일 대한민국 국민 전부를
중독자로 만들 수도 있었다. 그것이 과연 돈으로 얼마나 될까를 환
산해 보자 고 반장은 환희에 까무러칠 뻔했다. 고 반장은 조명도와
손잡기를 정말 잘했다고 생각했다. 이런 횡재는 차치하고라도 오 단
장은 날이 갈수록 황제처럼 군림하려 들었다. 오죽하면 낮잠 속에
도 그 노인네가 나타나 가위에 눌렸을꼬. 조명도와는 아예 처음부
터 관계 설정을 노련하게 해 둬야겠다는 다짐을 굳게 되새겼다. 백

도라지가 박혀 있을까 해서 냉장고를 뒤졌는데 냉동실에 소 심장들이 빽빽했다. 이런 걸로 그 불가사의한 원기를 유지한 거였구만.

고 반장은 장군도령의 방문을 열었다가 깜짝 놀랐다. 대형 수족관 안을 화려한 열대어들이 오가고 있었다. 하여간 고약한 늙은이 괴상한 취향하고는. 마루도 아니고 어린 녀석 자는 방 안에 웬 집채만 한 수족관이람.

트렁크 하나 그득 장물들을 챙겨 넣은 고 반장은 다시 장군도령의 방으로 들어가 수족관을 구경하며 담배를 피웠다. 집 안 전체에서 오직 수족관만 환했다.

이 열대어들도 무지 비쌀 거야. 모르긴 해도 수백만 원씩은 할걸? 회를 쳐 먹을 수도 없고. 모셔 갈 수도 없고. 아깝다.

고 반장이 꽁초를 수족관 속에 던져 넣자 치칙, 끝 불이 수면에 지져지면서 꽁초가 수족관 아래로 서서히 가라앉았다. 열대어 한 마리가 달려들어 꽁초를 삼켜 버렸다. 고 반장은 즐거웠다. 그러다가 문득, 이 맥락 없는 곳에 놓인 수족관을 살펴보지 않았다는 사실을 깨닫고는 스스로가 한심해 죽을 지경이었다. 수사의 기본이 안 돼 있구만. 기본이.

어쩌면 막판에 홈런을 칠지도 모른다는 기대에 부풀어 고 반장은 까치발을 들고 오른손으로 흰 콩돌들이 깔린 수족관 바닥을 헤집기 시작했다.

수족관 정면에 어떤 그림자가 어려 쑤욱 다가왔다. 그 그림자는 거즈를 쥔 손으로 고 반장의 입을 틀어막았다. 고 반장은 발버둥을 쳤지만 곧 잠잠해져 축 늘어졌다. 흥분한 열대어들이 강철 상자

안에서 불붙은 총알들처럼 날뛰었다. 오남철은 바닥에 널브러진 고반장을 내려다보았다. 그는 냉동된 고기가 싫었다.

39

달빛이 눅눅했다. 리강은 계속해서 곧장 걸었다. 그러다가 좌측에 근린공원이 나와 그리로 발길을 꺾었다. 뱀의 머리는 바지 주머니 속의 김일성훈장을 만지작거리면서 리강을 촘촘히 미행하고 있었다. 리강이 공중 화장실 안으로 들어갔다. 뱀의 머리는 생각했다. 너도 어쩔 수 없는 인간이구나. 그럼 죽어야지. 뱀의 머리는 리강의 시체에서 왼쪽 귀를 잘라 가지고 싶었다. 형광등이 밝은 공중 화장실 안은 빤하게 다 보였다. 뱀의 머리는 권총에 소음기를 돌려 끼웠다. 세면대 거울을 좀 들여다보던 리강이 소변기 앞에 서는가 싶더니 창문 옆 칸살의 문을 열고 그 안으로 들어갔다. 뱀의 머리는 회심의 미소를 지었다. 이건 절호의 기회였다. 개를 산책시키는 노부부 외에 행인은 없었고 사실 있다고 해도 별 상관이 없었다. 뱀의 머리는 서둘러 운동화를 벗었다. 양말을 벗었다. 공중 화장실 안으로 사뿐사뿐 뛰어 들어갔다. 뱀의 머리는 리강이 있는 칸살 정면에서 약간 비켜섰다. 허리를 굽혀 밑을 봤다. 리강의 검은 구둣발이 있었다. 좌변기 위에 앉은 꼴이었다. 뱀의 머리는 그 구둣발 위로 권총을 연거푸 다섯 발 발사했다. 문에 작은 구멍들이 뚫리면서 연기가 피어올랐다. 뱀의 머리는 칼을 뽑아 들었다. 확실한 마무리는 꼭 손맛을 봐야 했다. 리강의 왼쪽 귀도 어서 잘라 질겅질겅 씹어 먹고 싶었다. 뱀의 머리는 칸살의 문을 열어젖혔다. 돌가루가 하얗게 내려앉은 검은 구두 한 켤레. 리강이 없었다. 자주색 좌변기 뒤 핑크빛 타일 벽은 탄흔에 아작이 나 있었다. 뱀의 머리는 조용히 고개를 쳐들었다. 천장에 거꾸로 붙어 있는 리강이 소음기가 장착된 권총을 뱀의 머리 그 차가운 두 눈 사이에 겨누고 있었다. 리강이 말했다.

"한을설 하사가 주는 거다."

40

리강이 평양에서 돌아온 지 6일째. 주체105년, 태양절.

대동강의 평단원 여럿이 땅굴 2호에 텔레비전을 가져다 놓고 그 주위에 둘러앉아 술판을 벌였다. 그들이 시청하고 있는 것은 대한민국과 아랍에미리트의 2018년 월드컵 예선경기였다. 대한민국 대표 선수 선발진에는 이북 출신도 세 명이 끼어 있었다.

1966년 영국 월드컵에서 강호 이탈리아를 꺾고 8강에 진출하여 전 세계를 경악하게 했던 북한 축구. 그 시합이 열린 미들즈브러의 시민들은 북한 축구의 열렬한 팬이 되어 버렸다. 당시 북한 축구의 전략이란 전후반전 내내 죽을힘을 다해서 뛰어다니는 거였는데 이는 후일 토털 사커라는 현대 축구의 새로운 스타일을 낳았다.

비록 세 명밖에 안 되고 그것도 공격수는 단 한 명뿐인 것이 억울하긴 하였으나 그 이북 선수들의 활약을 통해서라도 2등 국민의 모멸감을 조금이나마 치유받고 싶은 것은 이북 사람들 모두의 마음이었을 것이다.

"일하지 말고 그저 놀라니. 조 부장이 왜 이렇게 인심이 좋아진 거야?"

"철이 들었나?"

"거, 정신병자 같은 소리 그만하라."

"옳다. 조 부장이 철이 들면 야, 개가 혁명 구호를 외치겠다."

식어 있는 화덕 앞에 웅크려 졸고 있는 동철을 제외하곤 다들 박장대소를 금치 못했다.

"야. 저놈은 언제 저렇게 막머리를 흉하게 밀었다니?"

"건들지 마. 높으신 분들의 총애를 한 몸에 받는 소년 병사님이셔."

이북 성인 남성들은 권위주의의 화신이었다. 낙하산 주제에 자기들과 똑같이 어른 행세를 하려 드는 어린 녀석이 곱게 보일 리 만무했다. 동철은 따돌림의 대상조차 되지 못했다. 동철은 제 체구보다 턱없이 큰 야전 상의를 입고 있었다.

대동강들은 마일드세븐을 북북 피워 대며 대구포와 삶은 돼지고기를 안주로 보드카를 마시고 있었다. 보드카에 속이 타는 중간중간 보리차처럼 꿀꺽꿀꺽 마셔 대는 아사히맥주는 술이 아니라 또 다른 안주였다.

평양맥주는 일명 슈퍼 드라이였다. 맥주는 여과 과정이 없으면 불순물로 인해 뿌옇게 흐려지다가 쉽게 부패해 버리고 만다. 여과지가 부족해 대신 유산을 섞은 평양맥주는 그래서 텁텁한 슈퍼 드라이 맛이 났던 것이다. 그러나 과거 북조선에서는 그마저도 귀한 터에 아사히맥주를 마시고 마일드세븐을 피우면 대단히 출세한 인사로 통하였으니 북남 통일의 기쁨이 대동강들에게 아주 없는 것은 아닌 셈이었다.

오전에 병기 점검을 마친 이들은 각자 허리춤에 차고 있는 권총 말고도 칼라시니코프 돌격 총으로 불리는 AK47소총과 5.45밀리미터 자동 보총을 제 옆에 끼거나 기대어 두고 있었다. 5.45밀리미터 자동 보총은 악마의 무기였다. 조선인민군 호위사령부에서는 전군에 일반화되어 있던 7.62밀리미터 자동 보총을 1995년부터 5.45밀리미터 자동 보총으로 전환하였다. 공포의 요점은 5.45밀리미터 자동 보총 자체가 아니라 검게 착색된 그 탄환이었다. 7.62밀리미터 자동 보총의 총탄은 총구를 벗어나면서 나선형으로 회전해 사람을 후벼 파며 관통한다. 반면 5.45밀리미터 자동 보총의 총탄은 사람의 몸에 박히면 검은 색소에 배어 있는 화학물질이 살을 썩어 들어가게 한다. 전쟁 시 적이 골치 아픈 부상자들을 최대한 부담하도록 해 전투 역량을 둔화시키고 후방의 의료 지원이 고갈되도록 개발된 탄환인 것이다.

대동강들은 축구 경기가 시작되기 두 시간 전부터 모여 와자지껄 떠들어 댔다.

북조선에서 제주도는 낙원의 섬, 환상의 섬으로 회자되곤 하였다. 박창이가 지난여름 제주도를 관광했던 것을 실컷 자랑했다. 그러다가 분위기가 우울해진 것은 양평관이 조총련 욕을 했기 때문이었다. 조총련이 자진 해체를 선언하고 새로운 명칭과 기조의 민족 단체를 준비 중에 있었던 것이다. 이북 사람들은 애인에게서 버림을 받은 기분이었다. 살인귀도 화제였다. 도대체 어떤 이남 악질 반동분자 새끼가 그런 유치찬란한 유언비어를 퍼뜨려서 선량한 이북 인민들을 모함하느냐고 분통들을 터뜨렸다. 아니다. 살인귀, 만약 그자가 진짜 있는 거라면 그거 무척 잘하는 짓이다. 이남 놈들 다 잡아먹어 버려라, 그런 말도 나왔다.

김철수가 림병모의 기독교식 장례가 참 희한하지 않았느냐고 하니까, 길거리에서 접근해 오는 선지자들에 대한 이야기가 자연스레 이어졌다.

"그날이 되면, 선택받은 사람들만 붕―떠서 하늘로 올라갈 거래."

"하늘로?"

"응. 천국으로. 나쁜 놈들은 빼놓고."

"그럼 우린 다 남는 거야?"

"닥쳐라. 재수 없다."

김덕곤의 누이는 북조선의 수용소에 갇혀 갖은 고초들을 겪다가 한 경비대원의 만행에 목숨을 잃었다. 김덕곤은 기다리던 전화를 받고는 밖으로 나가며 지금 광복빌딩 근처에 와 있는 흥신소 직원이 그 철천지원수의 사진을 구했는지도 모르겠다고 하였다.

김덕곤의 경우처럼 통일 이후 복수를 하기 위해 북조선의 비밀경찰이나 수용소 관리인들을 추적하는 부류가 더러 있었다. 또 자기만 버려 놓고 탈북한 가족을 찾아내서 죽여 버리겠다고 벼르는 사람들도 있었다. 그들은 변절한 피붙이로 인해 수용소로 보내졌던 것이다. 그래서인지 통일 전 북조선에 가족이 남아 있는 탈북자

226

는 탈북자들 사이에서도 미묘한 눈빛을 감수해야 했던 것이 사실이
었다.

"아랍 추장국이 잘하는데?"

제임스 봉두는 아까부터 저 혼자 중계방송을 하다시피 하였다.
세계 제일의 영화광이었던 김정일 국방위원장으로부터 타락한 성
문화와 폭력성의 노정에서 탄생한 졸작이라는 악평을 받은 바 있는
할리우드 첩보물의 주인공 007 제임스 본드. 그와 이름이 비슷하다
고 해서 이봉두의 별명은 제임스 봉두였다.

"이거야말로 큰일이다. 아랍 추장국의 문지기가 불세출일 줄이
야. ……오른쪽 방어수가 중간 방어수에게, 중간 방어수가 다시 가
운데 몰이꾼에게, ……저게 뭐니? 긴 연락을 해야지, 긴 연락을.
……아, 가운데 몰이꾼이 중앙으로 꺾어 차기를 했을 때 바로 머리
넘겨 차기를 했어야 했는데. ……구석 차기 기회를 못 살리고 있고
공격 어김도 많아. ……하필 가로 막대에 공이 맞다니. ……아! 아
랍 추장국의 손 다치기로 11미터 벌 차기입니다!"

최영환이 축구 경기에 몰입할 수 없는 것은 제임스 봉두의 요란
때문이 아니었다. 최영환은 연거푸 보드카를 목구멍으로 털어 넣
었다.

수용소에서 최영환은 1966년 영국 월드컵 북조선 대표 팀의 선
수였던 박승진을 본 적이 있었다. 최영환은 북조선의 수용소라는
곳을 누구보다 잘 알고 있었다.

종신 수감자인 정치범들은 김 주석 부자의 초상화를 벽에 걸지
않아도 되고 자아비판을 하지 않아도 되며 재교육을 받을 필요도

없었다. 그들은 머리를 빡빡 민 채 주로 군사시설 건설 현장에 투입됐는데 주체사상의 창시자인 황장엽의 가족들도 그러했다. 탈출 시도자는 무조건 공개 처형이었다. 항변하면 입안에 돌을 쑤셔 넣었다. 도주하던 자를 체포해 총살을 시켰더니 가늘게 숨이 붙어 있었다. 수감자들은 그에게 돌을 던지라는 명령을 받았다. 기둥에 묶인 그의 시신은 갈가리 찢겨 늘어졌다.

한 남자 기독교 신자는 거꾸로 매달려 매 맞으며 신앙 거부를 강요당했다. 그가 침묵으로 일관하자 교도소장은 격분했다. 6000여 명의 수감자들은 그를 밟고 지나가야 했다. 그는 누더기가 되어 죽었다.

한 남자 수감자가 처형당하는 것을 본 한 여자 수감자가 비명을 질러 댔다. 그녀는 아들이 자신과 같은 수용소에 갇혀 있다는 사실을 몰랐다. 그녀는 아들이 총살당하는 것을 보지 않으려고 자기 눈알을 손톱으로 할퀴었는데 이 때문에 결국 처형당했다.

몇 달씩 계속되는 고문들은 이루 헤아릴 수 없이 다양했다. 벽돌 가마에 밀쳐 열기로 기절시키는 고문, 발가벗겨 채찍질하는 고문, 이를 뽑고 막대기로 손가락을 꺾는 고문, 냉동 물고기라는 고문은 혹한의 눈 더미 속에 무릎을 꿇고 앉아 있게 하는 것이었다. 개털 코트를 걸친 경비대원은 그들 사이를 오가며 춥다고 엄살을 떨었다.

성인 수감자에게는 하루 옥수수 500그램이, 어린이 수감자에게는 400그램이 배급되었다. 이들은 야채를 기르거나 산비탈에서 나물을 뜯어 허기진 배를 채웠다. 단백질을 보충하기 위해 쥐를 잡아

먹었다. 1년에 한 번씩 조악한 속옷과 반바지, 양말 한 켤레가 지급 되었다. 이가 빠져 있었고 머리는 무성한 채 떡이 져 있었다. 씻지 못했고 옷은 비가 올 때만 물에 젖었다. 봄에 날씨가 따뜻해져 몸과 마음이 풀어지면 많은 사람들이 앓거나 죽었고 더러는 자살했다. 이러한 수용소가 북조선에는 서른여섯 군데가 넘게 있었다.

수용소 경비대원이었던 자들은 당시 대부분 20대에 불과했고 통일 이후에는 자신의 경력을 철저히 숨기고 다녔다. 그들은 그런 잔인무도한 짓들을 저지르면서도 죄책감이 별로 없었다. 믿지 않을 것이고 변명도 못 되겠지만, 당연히 그래야 되는 줄 알았다.

8년 전쯤이었다. 예수를 믿다가 잡혀 온 100여 명의 여성 수감자들이 있었다. 신앙을 포기시키면 주어지는 포상을 노린 경비대원들은 이들을 격리 수용해 더욱 가혹하게 학대했다. 장마철에 김옥단이라는 신자가 노역을 하다 실수로 오수 탱크에 빠졌다. 수심이 너무 깊어 빼내려면 밧줄이 있어야 했다. 그 현장을 책임지던 경비대원은 그냥 내버려 두라고 했다. 지시를 무시하고 다른 기독교 신자여성 두 명이 오수 탱크 안으로 김옥단을 구하기 위해 들어갔다. 경비대원은 오수 탱크의 뚜껑을 닫아 버렸다. 그녀들은 질식해 숨졌다. 경비대원은 시체들을 오수 탱크에서 아예 꺼내지도 않았다. 그는 죄책감이 있었건 없었건 간에 김옥단을 잊을 수는 없었다.

김옥단은 김덕곤의 누이였고 그녀를 그렇게 죽인 경비대원이 바로 최영환이었다.

최영환은 통일 이후 이북에서는 복수가 두려워 도저히 살 수 없었다. 이남에 혈혈단신으로 내려와서 대포 인간이 되었다. 인민군 제대중을 위조해 대동강에 입단해서는 김덕곤의 조가 되었다. 김덕곤과는 성격이 잘 맞아 형제처럼 위하면서 지냈다.

그러던 어느 날 술자리에서 김덕곤이 제 누이의 최후를 눈물로 하소연하면서 형님과 이름이 똑같은 수용소 경비대원을 반드시 찾아내 뼈를 갈아 버리겠다고 이를 갈았을 때 최영환은 심장이 멎는 것 같았다.

김덕곤이 지금 최영환 자신의 사진을 흥신소 직원에게 받으러 밖으로 나간 거였다.

대한민국은 페널티 킥을 실패한 뒤 두 골을 더 빼앗겨 아랍 추장국에 3대1로 지고 있었다. 게다가 이북 출신 공격수는 교체되었다. 대동강들은 점점 더 기분이 나빠졌다.

김덕곤이 땅굴 2호로 들어와 최영환 앞에 앉았다.

대동강들이 원수 놈의 사진은 구했느냐고 물었다. 김덕곤은 낯빛이 엉망이었다. 아무 대꾸도 없이 보드카를 맥주 컵에 가득 따라서 한꺼번에 마셨다.

최영환은 부르르 떨었다.

최영환을 보며 김철수는 잔뜩 긴장했다. 문 형사의 멱을 땄던 김철수. 그는 자기가 지난번 생활 총화에서 최영환이 김덕곤에게 근무를 떠맡기고 맥줏집 여주인과 놀아난 것을 고발했던 사실을 상기했다. 그리고 최영환이 저렇듯 인상이 더럽게 찌그러져 있는 건 바로 그 까닭이니 술김에 복수를 감행할지도 모른다는 생각이 문득 스쳐 지나갔다. 중무장한 상태였고 충분히 가능한 일이었다. 최영환은 자기 소총을 살짝 끌어당겼다.

그때 김덕곤이 최영환을 똑바로 처다봤다. 김덕곤의 오른손이 허리춤으로 가고 있었다. 최영환이 5.45밀리미터 자동 보총을 집어 들었다. 김철수가 소총을 집어 들었다. 최영환과 김철수가 쏘아 대기 시작하는 것과 거의 동시에 다른 대동강 중 두 명이 반사적으로 권총을 뽑아 마구 쏘아 대기 시작했다.

한순간에 땅굴 2호는 전쟁터가 되었다. 사방이 파편들과 연기로 뒤덮였다. 철근콘크리트로 꽉 막힌 지하 공간에서 울리는 총성은 귀를 찢어 놓는 듯했다. 실지로 몇몇은 고막이 찢어졌다.

끝까지 멀쩡하게 서 있는 자는 최영환뿐이었다. 멀찌감치 화덕 앞에 있던 동철은 요행히 총을 맞지 않은 채 엎어져 있었다. 제임스 봉두는 머리통이 날아가 버렸다. 양평관은 목에 총을 맞고 즉사했다. 복부에 총을 맞은 김철수는 기어 다녔다. 여기저기서 신음이 터져 나왔다.

최영환이 팔과 다리에 총을 맞고 나자빠져 있는 김덕곤에게 다가갔다. 김덕곤이 최영환을 올려다봤다.

"형님, 형님. 이게, 으, 이게 다, 어, 무슨 난리요?"

"너, 원수 사진 구했니?"

"아니요. 아니요. 으, 못 구했단 소리 들었습니다."

김덕곤은 찻집에서 흥신소 직원을 만났다. 그는 백방으로 노력했지만 성과가 전혀 없다면서 아무래도 최영환은 죽은 게 아니겠냐면서 그만 일을 중단하겠다고 하였다. 김덕곤은 심히 낙담했다. 김덕곤의 오른손이 허리춤에 갔던 것은, 흥신소 직원이 돌려준 선금의 반인 현찰 뭉치를 꺼내 보이면서 이 돈으로 자기가 술을 더 사겠다고 하려던 거였다.

최영환이 김덕곤에게 말했다.

"내가, 네 누나를 죽인 그 최영환이다."

"네?"

최영환은 김덕곤의 가슴으로 5.45밀리미터 자동 보총을 여러 발 쐈다. 그리고 흩어져 아파하고 있는 대동강들에게도 쐈다. 여기서 죽이지 않으면 살이 썩어 들어가는 고통밖에는 있을 것이 없었기 때문이다.

최영환은 자동 보총을 바닥에 내려놨다.

아무도 믿지 않을 것이고 어떠한 변명도 안 되겠지만, 그때 그는 그래야 되는 줄 알았고 그게 죄라는 것도 몰랐다. 그것이 그 조국에서 그가 보낸 청춘의 전부였다.

최영환은 허리춤에서 권총을 빼내 제 관자놀이에 대고 방아쇠를 당겼다.

잠시 뒤, 자욱한 연기의 저편에서 부스슥 일어난 것은 동철이었다. 소년의 양쪽 귀에서는 피가 새어 나왔다. 소년은 이제 귀머거리가 되었다.

그 아수라장 속에서도 텔레비전은 주님의 기적처럼 무사했다. 통일 대한민국의 이북 출신 수비수가 아랍 추장국의 골대 안으로 볼을 차 넣은 다음 세레머니를 하고 있었다.

소년은 죽은 자들의 무기를 주섬주섬 줍기 시작했다.

41

서일화는 인천 국제공항 대합실에 혼자 앉아 있었다. 그녀는 30분쯤 뒤 뉴질랜드행 비행기에 탑승해야 했다. 언제 돌아오건 아주 돌아오지 않건 간에 서일화는 일단 이 나라에서 떠나고 싶었다. 미워해서가 아니라 지쳐서였다.

말리고 붙잡을 것 같아 홍혜숙에게는 티켓팅을 하고 나서야 전화를 수차례 넣었는데 그녀의 핸드폰은 매번 전원이 꺼진 상태였다. 아, 목소리라도 듣고 싶었는데. 한데 좀 이상했다. 이런 적이 처음인 것이, 연락이 두절된다는 게 그녀의 직업상 어려웠다. 그녀가 상대하는 고객들은 그렇게 막 대할 수 있는 사내들이 아니었기 때문이다. 어쨌든 이남에 내려와서는 그녀가 서일화의 친구였고 엄마였고 국가였다. 참 신기한 노릇이 아닐 수 없었다. 진정한 북남 통일을 이룬 건 화류계 여자들끼리뿐이었다. 서일화는 씁쓸하게 웃었다.

서일화는 자신이 북조선과 남조선 양쪽을 공히 혐오했다고만 여겼는데 막상 이렇게 되고 보니 그것이 그렇게 단순한 심사는 아닌 듯싶었다. 또 서일화는 자신이 그토록 머리에서부터 발끝까지 영악하고 냉정하지도 못했던 것 같았다. 사람들은 저마다 표현 방식이 다 다르다. 사람들은 저마다 아픈 것도 다 다르다. 정말 애국자가 누구인지는 전쟁이 터져 봐야 보이는 것처럼 사람들은 절대적이지 않은 상황에서도 누군가의 밑바닥까지를 함부로 판단한다. 앞으로 서일화는, 물론 쉽지는 않겠지만, 될수록 스스로를 많이 드러내면서 살기로 다짐했다. 오양미 양처럼. 양미의 얼굴이 떠오르자 서일화는 밝게 웃었다. 역시나 양미에게도 작별 인사를 하지 못했다. 양미는 머리에서부터 발끝까지 영악하고 냉정한 이북 언니를 야속해하면서 또 울겠지만 서일화에게도 명분이 아닌 명분이 있었다. 평소 양미에게 고민을 털어놓으면 요술처럼 고민이 풀리곤 하였다. 그녀가 내일이면 그 고민을 소문으로 만들어 주니까. 그러니 고민이 없어질 수밖에. 천사표 푼수 내 사랑하는 이남 동생 오양미, 잘 지내.

서일화는 리강의 마음이 조금이라도 편해지기를 바랐다. 그가 자신의 외면을 향해 억지를 쓰고 있는 것이 아니라 내면의 상처를 어찌지 못하고 있다는 것을 이해하기에 그의 혹독한 말들을 서일화는 용서해 주었다.

그리고 림병모. 그가 서일화를 사랑했던 것만큼은 아니었지만 서일화는 자신이 분명 그를 사랑했다고 믿게 되었다. 그것을 그의 죽음이 가르쳐 주었다. 서일화는 남겨진 삶 동안 남자에게서 받는 사랑에 대하여서는 더 이상 욕심을 부리지 않기로 하였다. 서일화는 슬프게 웃었다.

그러고 보면 통일이 온통 부정적인 일들로만 점철된 것은 아닌 셈이었다. 환란이 없으면 인간은 자기가 누구인지를 모르게 되기 쉽다. 약간 거창하기는 해도, 추상이 죽음이었던 나라와 욕망이 사실이었던 나라, 이제 그 두 나라를 뒤로하며 민족 화가 서일화가 비로소 깨달은 바였다. 그녀는 리강을 좋아하던 홍혜숙이 애틋해서 부디 더욱 아름다운 사랑을 이루길 기도하며 출국장으로 들어가기 위해 자리에서 일어났다.

42

　장군도령은 간이침대 위에서 벌떡 일어났다. 총성은 광복빌딩을 부르르 흔들며 6층 오남철의 직무실에서도 요란하게 들렸다.

　장군도령은 개의치 않고, 군청색 담요를 두른 채 창밖을 바라봤다.

　봄이구나.

　광복빌딩은 서울에서 아주 가까운 위성도시의 외곽 한적한 도로변에 서 있었다. 저 멀리 울긋불긋한 꽃들과 푸른 나무들이 많았다.

　봄이야.

　수용소에서 사람들이 하나둘씩 바람에 풀이 눕는 것처럼 쓰러져 죽어 나가던 그 봄이었다.

　장군도령은 인기척에 뒤를 돌아다보았다.

　착검이 된 소총을 들고 동철이 서 있었다. 제 몸보다 턱없이 커다란 야상 밑으로 빼꼼 나온 검은 구두는 돌가루들이 뿌옇게 서려 있었다. 서상옥이 공포에 떨며 반짝반짝 닦아 놓았던 그 검은 쇠가죽 구두였다.

장군도령은 눈밑이 까맣게 타들어 가 있었다.

사후 세계를 인정하지 않는 사회주의 국가에서 신 내림을 받은 15세 소년과 평양 제일의 수재인 17세 소년이 마주 서 있었다.

"마귀 새끼."

소년은 자신이 하고 있는 말을 들을 수 없었다.

소년이 소년에게 미소를 지으며 말했다.

"안 추워?"

이 말도 소년은 들을 수 없었다.

소년이 소총의 개머리판으로 소년의 이마를 찍었다.

소년이 간이침대 모서리에 허리를 부딪치며 넘어졌다.

소년이 달려가 소총 끝의 대검을 소년의 가슴 속 깊이 밀어 넣었다.

소년이 피를 토하며 움츠렸다.

"동철이!"

문턱에서 외치는 이 목소리가 소년의 귀에 들릴 리 없었다. 세상은 소년에게 들리지 않았다. 어쩌면 아주 오래전부터.

누군가가 소년의 어깨를 등 뒤에서 잡았다. 소년이 소총의 개머리판으로 그 누군가를 휘돌려 쳤다.

······소년이 남기정을 내려다보았다.

남기정이 말했다.

"얘야. 얘야."

남기정의 눈에는 눈물이 그렁그렁했다.

"괜찮아. 그거 내려놓자. 그럴 수 있어. 괜찮아. 그거 내려놓자."

눈물이 남기정의 볼을 타고 떨어졌다.

"그러지 마. 얘야. 괜찮아. 그러지 마라. 우리가 잘못했다. 사람들이. ……사람들이 잘못했다."

소년의 눈은 분노였다.

43

　리강은 새벽에 광복빌딩 환풍구로 잠입해 매복했다. 길고 지루한 기다림이었다. 전쟁은 돌파가 아니었다. 기다림이었다. 잘 기다리는 자가 잘 돌파해 전쟁에서 승리했다. 이 싸움의 관건은 어떻게 해서든 조명도를 노출시켜 단번에 제거하는 거였다. 중심을 도려내면 그 나머지는 휘청대다가 자멸하기 마련이었다. 단독자가 조직을 무력화하는 유일한 방책이었다. 리강은 환풍구 틈새로 조명도의 직무실을 내다보았다. 저기 있을 것인가? 세상만사가 그렇듯 전쟁엔 운도 따라야 했다. 리강이 도사리고 있는 5층, 그곳의 어느 방엔가 조명도가 있다는 전제가 성립되어야 했다. 리강은 핸드폰의 전원을 켰다. 통화 버튼을 눌렀다.

　조명도는 뱀의 꼬리를 광복빌딩 내부에, 다른 자들은 광복빌딩 근거리에 배치했다. 조명도는 어젯밤부터 뱀의 머리와 연락이 끊겨 초조했다. 만약 뱀의 머리가 리강에게 당했다면 손실이 컸고 거기서부터 일이 꼬인다고 봐야 했다.

조명도의 핸드폰에서 멜로디가 흘러나왔다. 곡목은 「당신은 모르실 거야」, 액정에 뜬 발신 번호는 뱀의 머리의 것이 맞았다. 조명도는 기뻤다. 외부에서 리강을 처치했다면 이보다 더 환상적인 결말은 없었다.

"어떻게 됐니?"

—…….

"왜 말을 안 해?"

—안 무섭냐?

"어, 어. 리 부장."

조명도는 식겁했다.

—내가 그랬지? 구덩이는 빠져나갈 구멍이 없다고. 안 무서워?

"이 사람아, 무섭긴. 열스럽게. 어디야?"

—내가 평소에 널 왜 그냥 뒀는지 알아?

"아이고, 어디냐는데 왜 자꾸 정 떨어지는 소리를 해?"

—너와 사이가 나빠지면 널 죽일 것 같았거든. 너는 내가 널 모른다고 생각했지?

리강은 뱀의 머리의 핸드폰에서 배터리를 분리하며 운을 빌었다. 조명도가 당황해서 어느 방에서든 튀어나왔는데 그게 5층 복도면 성공이었다.

……다른 층에 있는 것인가? 아니면 아예 꼼짝도 안 하고 있는 것인가? ……어느 쪽이든 작전은 실패인 것 같았다. 사방이 조용했다.

그때.

지하 3층 땅굴 2호에서, 최영환으로부터 비롯된 총질들이 시작됐다. 광복빌딩이 비명을 질러 댔다. 이건 뭔가? 변수였다. 그런데 그것이 리강에게는 운이 되었다. 목숨을 건 고독한 기다림이 선물한 운이었다.

조명도가 자기 직무실 건너편 방에서 권총을 들고 뛰어나왔다. 이것까지는 도저히 참을 수가 없었던 것이다. 더 오래 기다리지 못했으므로, 스스로 위험해졌다.

환풍구 뚜껑을 걷어차며 복도로 뛰어내린 리강이 소음기가 장착된 권총으로 순식간에 조명도의 뒤통수를 겨눴다.

"명도."

"……"

"총 내리고 천천히 돌아. 조심해. 머리 날아가. 내 실력 알지?"

"……여, 반갑다."

리강과 조명도가 거리를 두고 마주 섰다.

"애들이 없네? 방금 밑에서 난 총소리들 뭐야?"

"걱정하지 마. 축구 보면서 술 마시고들 있어. 아무렴 내가 내 새끼들을 잡아먹었겠냐? 들어가자. 얘기 마저 해야지? 아래도 조사해 보고."

"총이나 바닥에 내려놔. 개소리 작작하고."

"알았어. 알았어. 넌 왜 그렇게 성격이 급해? 리 부장. 날 좀 이해해 주면 안 되겠냐?"

"넌 네가 얼마나 흉한지 모르지? 너 같은 놈 이해하면 나도 흉해져."

칼을 쥔 뱀의 꼬리가 리강의 등 뒤에서 맨발로 움직이고 있었다. 조명도는 얼굴색이 변하지 않게 하려고 기를 썼다.

"이 친구야. 구덩이는 함께 힘을 합쳐서 빠져나가면 되는 것이고. 일단 들어가서 얘기를 해 보자니까?"

리강의 등 뒤에서 총소리가 났다. 리강이 옆으로 몸을 날렸다. 조명도가 장용수를 쐈다. 리강이 뒤를 파악하자마자 조명도에게 쐈다. 탄환이 아슬아슬하게 빗나가고 조명도는 계단 쪽으로 사라졌다.

리강은 바닥에 엎어져 바둥거리는 뱀의 꼬리의 뒤통수에 총구를 대고 방아쇠를 당긴 다음 장용수에게로 갔다.

장용수는 목에서 피를 철철 뿜어 대고 있었다. 리강은 장용수의 손을 잡아 주었다. 고작 그것이 그가 생명의 은인에게 해 줄 수 있는 전부였다.

"윤 실장 무사하다."

그리고 이것은 군인이 군인에게 해 줄 수 있는 최선의 위로였다.

장용수는 죽었다. 리강은 일어섰다.

44

조명도를 찾다가 들른 오남철의 직무실에서 리강은 절망했다. 남기정은 복부에 총상을 입고 맥이 끊어져 있었다.

천장을 보고 누워 있는 남기정의 가슴 한복판에는 만년필 하나가 수직으로 박혀 있었다.

리강은 항상 그랬던 것처럼 참혹한 시련 앞에서도 침착함을 잃지 않으려 했지만 이번에는 허사였다. 그는 부서지고 있었다.

눈물이란 그에게 있어 죽음보다 더한 금기였다. 할아버지가 돌아가셨을 적에도 그는 눈물을 흘리지 않았다. 그것은 무슨 무의식의 자기방어였을까? 이젠 내 곁에 아무도 없다는 것을 자각한 소년이 가지게 되는 생존 본능 같은 각오였을까? 소년은 눈물 따윈 흘리지 않겠다는 맹세 속에서 자라며 아무것도 아닌 사람이 되려고 애썼다. 아무것도 아닌 사람은 가장 무서운 사람이고 그래서 아무도 그를 함부로 대하거나 해칠 수 없는 사람이며 따라서 절대 눈물을 흘려서는 안 되는 사람이었다. 리강이 기억하는 자신의 눈물은 신의 주검, 김 주석의 미라 앞에서가 처음이자 마지막이었다.

간이침대 밑에서 뭔가가 부스럭거렸다. 장군도령이었다.

"괜찮아?"

리강의 무릎 위에서 장군도령이 눈을 떴다. 리강은 깜짝 놀랐다. 그것은 이제껏 리강이 보아 오던 요사스러운 무당의 얼굴이 아니었다. 그것은 그냥 15세 소년의 천진한 얼굴이었다. 출혈이 심각했다. 리강의 바지는 벌써 피로 온통 까맣게 젖어 있었다.

"아, 저씨. 너무, 아파요. 아저씨. 아, 파요."

"……아."

리강은 소년에게 어떤 말이라도 해 주려다가 자기가 이 아이의 이름조차 모르고 있다는 사실을 새삼 깨달았다.

"그래. 가자. 여기서, 나가자."

리강이 소년을 안아 올려 문 앞까지 옮겼을 때, 소년은 숨이 멎었다.

리강은 그만 주저앉았다.

리강은 두 죽음 앞에서 목 놓아 울었다. 아무것도 아닌 사람이 되려 했던 소년은 마구 흐르는 눈물을 주체할 수가 없었다.

45

조명도는 리강을 피해서 땅굴 2호로 도망갔다.

화덕 왼편, 벽으로 위장된 비밀 통로를 따라 밖으로 빠져나간 뒤 안가에서 대책을 마련할 작정이었다.

종간나 새끼들. 대체 술을 처먹다가 무슨 난장들을 쳤기에. 다 쏴 죽여 버리갔어.

난데없이 끼어든 변수 때문에 다 된 밥상이 엎어진 꼴이었다. 조명도는 화가 치밀어 미칠 지경이었다.

땅굴 2호의 출입구에 들어선 조명도는 당황했다.

시뻘건 불이 활활 타오르는 화덕 속으로 누가 대동강들의 시신들을 질질 끌어다 집어넣고 있었다. 동철이었다.

동철이 조명도를 봤다.

조명도가 침을 튀기며 뭐라 다급하게 지껄였다.

동철이 비밀 통로의 입구를 가로막고 섰다.

조명도가 동철에게로 다가왔다.

동철이 양손에 깍지를 끼고 조명도의 허리를 꽉 끌어안았다.

조명도는 동철을 밀쳐 내려 하였으나 쉽지가 않았다.

동철의 야상 안쪽에는 배가 부른 수류탄 주머니가 세 개나 달려 있었다.

조명도는 총구를 동철의 관자놀이에 갖다 댔다.

그때 조명도는 동철의 어깨 너머 바닥에 떨어져 있는 어떤 빛나는 것을 봤다.

"뭐야? 어?"

수류탄의 안전핀이었다.

동철은 출입구 위에 붙어 있는 장군도령의 부적을 멍하니 쳐다보면서 말했다. 귀가 먹었으니 목소리가 클 수밖에 없었다.

"날 리해하죠?"

조명도가 방아쇠를 당기기 전에 수류탄이 폭발했다.

46

리강은 400평가량의 밀폐된 어둠 속에서 오른팔에 총을 맞았다. 오남철이 강일물산의 창고 안에 있는 것 자체가 의심스러운 상황이었다. 모든 문들이 육중한 자물쇠와 쇠사슬로 바깥에서 잠겨 있었고 부근에서는 어떠한 차량도 발견되지 않았기 때문이다. 어쨌든 확인을 안 해 볼 수는 없는 노릇이었다. 리강은 몽키 스패너를 소란스럽게 사용해서 어렵사리 캄캄한 창고의 내부로 들어갔다가 적외선 조준을 하고 있던 오남철에게 당했던 것이다.

오남철은 리강이 제압되자 비로소 실내조명의 스위치를 올리고 모습을 드러냈다.

"그래, 그래야지. 리강 소좌. 내가 믿을 건 역시 너밖에 없어. 잘 왔어."

검은 구두를 신은 오남철은 검은 양복에 검은 넥타이를 매고 있었다. 상주(喪主)의 차림새였다.

리강은 한쪽 무릎을 꿇은 채 왼손으로 오른팔을 감싸고 있었다. 리강의 권총은 바로 앞에 떨어져 있었지만 오른팔이 그 지경인 데다가 오남철이 계속해서 사냥총으로 겨누고 있는 터라 어떻게 빠져나갈 도리가 없는 처지였다. 오남철의 뒤로는 통일급식소들로 보내질 포장 식품들이 장벽처럼 쌓여 있었다. 그것들은 이미 생화학 물질에 오염돼 있을 거였다.

"당신이 무슨 짓을 하고 있는지 알기나 해?"

"아는 것 이상이지. 알리려고 하는 사람이니까. 빨갱이 거지새끼들 밥 얻어먹으려고 줄 서 있는 거 보면서, 저것들 다 뒈져 버렸으면 좋겠다고 남조선 반동들이 기도 많이 했을 거 아니겠니?"

"대체 저기에 뭘 집어넣은 거지?"

"아, 페스트. 페스트야."

"……"

"그렇지. 그래. 페스트. 흑사병."

"……맙소사."

인류 역사에 기록된 바에 의하면 최악의 전염병이었다.

"페스트는 신이 내리는 역병이거든. 페스트가 한번 쓸고 지나가면 사회구조가 바뀌고 인간들이 좀 겸손해지지. 인구도 확 줄고. 지금 우리에겐 참으로 요긴한 조치야. 멋지지 않나? 21세기 통일 대한민국의 서울 한복판에서 페스트가 창궐한다. 과연 미학적이야. 이북 사람들은 자기들이 희생당했다며 폭동을 일으키고 이남 사람은 저놈들 때문에 신의 저주를 받았다고 증오하겠지. 북조선은 이상하지만 대단한 나라였어. 핵이 중요한 게 아니라, 페스트를 알갱

이로 만들 수 있는 건 우리밖에 없으니까."

"완전히 미쳤어."

"리 부장. 원래 아름다운 건 다 미쳐 있는 거야. 답답하긴. 인간이 짐승과 다른 점은 괜히 미친다는 거야. 그래서 인간이 만물의 영장인 거지."

"이런 일에 나를 끌어들인 이유가 뭐야?"

"우리가 북조선에서 배운 혁명의 제1 원칙이 뭐냐? 혁명 원로에 대한 존중 아니겠니? 그것이 혁명가들의 숭고한 도덕 의리가 아니겠니? 혁명이 왜 일어나는지 모르지? 참을성이 없어서야. 이데올로기 때문이 아니라 참을성이 바닥나면 일어나는 게 혁명이라구. 나는 살날이 얼마 남지 않았어. 더 이상 참을 시간이 없지. 네가 불세출의 독립투사 이장곤의 손자이고 북조선의 뛰어난 장교였다는 것을 남조선 놈들이 알게 되면 얼마나 화가 날까? 내겐 남조선을 침통하게 만들 만한 혈통의 조건을 갖춘 인물이 필요했어. 만약 어정쩡한 녀석들이 이 위대한 사업을 수행했다면 저놈들은 얼른 사형이나 시켜 버리고 페스트에만 집중할 거야. 하지만 너라면 달라. 졸지에 생각할 것들이 많아지는 거지. 축하해. 리 소좌. 이제 너도 신이 되는 거야. 김 주석처럼. 어허, 악명도 명성이란 소린데."

"당신 그렇게 단순했나? 누군가 추적하면 내가 아니라 당신이라는 사실이 드러나게 돼 있어. 유통업 서류 한 장으로 기만할 수 있는 문제가 아니야."

"리 부장. 내가 뭐라고 그랬지? 자본주의는 못 본 척하는 거랬지? 자본주의는 보고 싶은 거만 보니까 그런 거야."

"……."

"리강. 나는 대포 인간이야. 통일 전에 요덕수용소에서 사라진 사람이고. 내가 지금껏 이남에 내려와서 자본주의적으로 했던 모든 일들은 전부 네가 한 것으로 돼 있어. 이번 계약은 좀 달랐지. 서류만이 아니라 역사의 산증인들이 필요했으니까. 네가 직접 사인을 해야 신화가 온전해지는 거니까."

"……."

"아직도 이해가 안 가? 나는 없는 사람이지만 너야. 너는 없는 나고. 우리는 한 사람이야."

리강은 심장이 얼어 버리는 것 같았다.

—너는 너를 죽일 것이야.

장군도령의 그 예언은 리강인 오 단장이 리강을 죽인다는 뜻이었던가?

리강이 뱀의 머리를 공중 화장실에서 사살하고 나서 윤상희의 안위가 걱정됐음에도 그녀에게로 가 보지 않았던 것은 혹시나 자신이 윤상희에게 해를 끼침으로써 장군도령의 예언이 실현되는 건 아닌가 하는 두려움 때문이었다.

"그뿐이 아니지. 너는 지금 일본에 밀항하고 있는 거로 되어 있어. 이 게임의 핵심이 바로 그거야. 아무도 자랑스러워서는 안 된다는 거. 이 민족은 너를 영원히 비겁자로 기억하게 될 거다. 억울해할 건 없어. 어차피 모든 역사는 조작이니까."

리강은 생각했다. 아니다. 나는 미신 같은 운명 따위에 굴복하기 위해 여기까지 그 수많은 죽음들을 헤치고 온 것이 아니다. 이것은 내 뚜렷한 이성의 선택이었다. 운명의 마지막은 열려 있다. 나는 나인 오남철에게 죽는 것이 아니라, 내가 돼 버린 오남철을 죽여야 한다. 그래서 말은 같지만 실제로는 다른 결과로 운명을 극복해야 한다. 하지만 이래 가지고서야 어떻게?

"자, 그건 그렇고, 그 전에 내가 소박한 욕심 하나를 채워야겠다. 너를 처음 만났을 때부터 네 뜨거운 심장을 꺼내 먹고 싶었거든."

갑자기.

문 쪽에서 오남철을 향해 총구 하나가 불을 뿜었다. 총알은 오남철을 한참 빗나갔다. 오남철이 자신을 노린 총구의 주인에게 세 발을 연속으로 쐈다.

이 틈에 리강은 바닥에 떨어져 있던 권총을 왼손으로 집어 곧바로 오남철의 이마를 명중시켰다.

리강은 문 앞으로 달려갔다.

윤상희가 쓰러져 있었다. 그녀는 68식 권총을 왼손에 꼭 쥐고 있었다.

47

광복빌딩에서 출발하며 자동차에 다량의 폭약과 시너를 실었던 리강이었다.

리강은 오남철의 시체에 불을 질렀다. 53년 전 사이공 시내 도로 한복판에서 분신한 어느 법력 높은 수도승과 달리 그 악마는 뼈와 살이 꾸역꾸역 비틀리며 타올랐다.

윤상희를 부둥켜안고 있는 리강의 등 뒤로 페스트와 함께 전소되는 강일물산의 창고가 어두운 벌판을 붉게 물들이고 있었다.

48

리강은 무작정 북쪽으로 차를 몰았다. 욱신거리던 오른팔은 어느새 감각마저 상실했다. 헛구역질이 나고 다리가 부들부들 떨렸다. 리강은 제정신이 아니었다.

운명의 극복은 의지만으로는 부족해 기어코 희생을 요구했다. 뒷좌석에는 윤상희의 주검이 누워 흔들거리고 있었다.

……나인 네가 자신을 죽이고 너인 나를 구한 거야.

리강은 살아 있다는 것이 고통스러웠다.

그렇게 한 시간쯤을 내달린 끝에 리강은 국도변에서 갑자기 차를 멈췄다.

리강은 당장 필요한 냉정이라도 되찾으려고 안간힘을 다했다. 심호흡을 크게 하고 한참을 가만히 있었다.

어느 정도 진정이 된 리강은 라디오를 켰다. 광복빌딩에서 벌어진 일들로 세상이 발칵 뒤집혔을 거라는 예상은 여지없이 빗나갔다. 훨씬 더 엄청난 사태 때문에 전국은 그야말로 공포에 휩싸여 있었다.

이북에서 내려온 한 소녀가 자신이 일하는 의료기기 공장의 사장에게 강간을 당하자 이를 비관해 유서를 적어 두고 자살했다. 태양절을 맞아 술을 마시며 향수를 달래던 호위사령부 출신 친목 단체가 이 시의적절한 뉴스를 접하고는 격분을 못 이겨 경찰서를 습격, 방화한 것이 폭동의 시작이었다. 정부는 계엄령 선포를 놓고 고심하고 있었다. ·

리강은 운전석에서 밖으로 비틀거리며 내렸다.

강가였다.

리강이 쓰러지기 직전까지 본 것은 사방을 점령하고 있는 검은 안개였다.

49

리강이 평양에서 돌아온 지 7년. 2023년, 통일 12년.

리강은 그때의 이선우의 나이가 되었다.

통일 대한민국은 무너지지 않았다. 여전히 아플 뿐이었다. 아프다는 것은 아직 변할 수 있다는 것을 의미했다. 작은 알은 거대한 물고기가 되고 그 거대한 물고기는 다시 거대한 새가 된다. 폭풍과 해일은 하늘로 이어진 길이다. 죽음을 거절해 아파하고 있는 모든 것들에게는. 아마도 그러할 것이다.

리강은 윤상희를 묻었던 곳에 4년 만에 가 보았다. 놀이 공원이 들어서 있었다. 리강은 아이들 사이를 오래 걸었다.

리강은 오른손을 펴 보았다. 피가 많이 묻어 있던 손이었다. 그 손이 한 일들 중에 유일하게 아름다운 것은 그날 밤 그녀의 손을 잡고 어둠으로부터 희미한 빛을 향해 뛰어갔던 것밖에는 없는 것 같았다. 그러나 리강은 그것만으로도 만족했다.

리강은 자신을 스쳐 간 죽음들을 일일이 떠올렸다. 인간이 죄를 지어도 별 손해 볼 것이 없는 신이 그렇게까지 했다면 분명 무슨 이유가 있을 것이다. 리강은 남은 생애 동안 그것에 관해 곰곰이 생각해 보기로 했다.

리강은 그 뒤로는 단 한 번도 꿈에서 혁명가 이장곤을 볼 수가 없었다. 그가 들려주었던 어느 이야기를 중얼거리는 버릇도 사라졌다. 리강은 어서 빨리 늙고 싶었다. 하지만 젊은이들을 괴롭히는 노인은 되고 싶지 않았다.

가을바람이 불어왔다. 리강은 눈을 감았다.

이선우는 조국을 떠났고 리강은 조국에 남았다. 이선우는 소망대로 태양이 용광로처럼 이글거리고 노을이 석류 같은 곳에 있었다.

숨어 다니는 리강이 폐기된 줄로만 알았던 자기의 이메일 주소를 어느 날 우연히 열어 보았는데 이선우의 짤막한 메시지 하나가 도착해 있었다. 자랑이 전혀 없는 걸로 보아서는 토인들의 독재자가 되지도 추장의 딸과 결혼하지도 못한 것 같았다. 그는 대신 이렇게 썼다.

나는 너를 만나서 좋았다. 좋다는 것은 행복하다는 것과는 다르지. 행복은 불행 속에는 있을 수 없지만 좋다는 것은 불행 속에도 있으니까. 나는 너를 만나서 좋았다. 여자 없인 살아도 좋지 않으면 살 수가 없지.

리강은 레드아이를 최초로 제조한 자가 이북 출신의 어느 천재 청년 약학자가 아니라 이남의 한 후줄근한 중년 마약상임이 밝혀졌다는 사실을 전할까 하다가 결국 관두었다. 낭만은 지켜져야 하니까. 그게 그가 좋아하는 거니까. 둘은 이후로 리강이 이선우보다 3년 먼저 죽기까지 소식조차 나누지 못하였다.

리강이 눈을 떴다. 가을바람이 불었다.

리강은 외투 안주머니에서 피가 밴 붉은 주단 조각을 꺼내 보았다. 피가 흔적이 되어 있었다. 상처가 상징이 되어 있었다. 틀림이 없었다.

리강은 스스로에게 물었다.

너는 네 운명의 주인이 맞는가?

리강은 미소 지었다. 그리고 외로웠지만, 인파 속을 다시 걷기 시작했다.

작가의 말

2011년 5월 9일 대한민국이 조선민주주의인민공화국을 흡수통일하여 장장 63년간의 민족 분단을 종식시켰다는 설정 아래 나는 어느 전대미문의 인민군 출신 폭력 조직의 내부에서 벌어진 한 살인 사건을 둘러싼 미스터리로부터 이 소설을 풀어 나갔다. 21세기의 한국 작가가 상상할 수 있는 것들 가운데 가장 센 이야기를 가장 위험한 칼끝으로 점묘해 내고 싶었기 때문이다. 나는 내 몸과 마음의 전부를 폐기하고 오직 새로워지려 했다. 비록 어리석은 바람이었다 하더라도 그 절박함만큼은 남은 생의 갖은 어려움들을 대할 적마다 내내 기억해야 할 것이다.

이 책의 형식과 내면은 근미래 가상 역사와 추리, 누아르와 스릴러, 블랙코미디와 멜로, 신화와 우화 등등이 원래 그런 것처럼 혼혈되어 있다. 무거운 주제와 난해한 배경을 흥미롭게 승화시키려는 노력으로 말미암아 이렇듯 복잡한 장르의 유전자를 지닌 소설이 태어나고 말았지만 결과적으로는 잘된 일이라고 생각한다. 쓰면서 겪어야 했던 고통과는 아무런 상관없이 모두가 재미있게 읽어 주었으면 한다. 적어도 나는 문학 이전에 문학에 대한 과학을 잃진 않았다.

범죄의 장면들로 가득한 소설을 만들면서 나는 질문했다. 무엇이 죄인가? 살인? 누가 악인인가? 살인자? 혼돈 속에서도 제 정체성을 회의해 보지 않는 것이 죄이고 그러한 그가 악인이다. 혼돈 속에 살면서도 그 혼돈 자체를 부인하고 나는 누구인가를 묻지 않는 죄. 혼돈을 치장해 장사하며 나는 누구인가를 묻는 척하는 죄. 그러다가 스스로 더 무지막지한 혼돈이 되는 죄. 나는 누구인가를 왜곡하는 이런 식의 저 모든 뻔뻔함들이 처세를 신념으로 위조하고 위선을 격조로 착각하게 한다. 개인이건 국가이건 간에.

환란은 그래서 때로 필요하다. 환란을 극복하는 과정에서 변화해 치유받을 수 있기 때문이다. 노래가 슬프면 마음이 열리고 몸이 아프면 시가 잘 써진다. 이 소설이 말하고자 하는 바는 가령 그 비슷한 것들이 아닐까? 나는 아무리 그럴듯한 모양새를 갖추고 있는 이라 할지라도 스스로에 대한 질문으로 인해 고통의 비등점에 서 있지 않다면, 그를 좋아할 수는 있어도 결코 그를 존경할 수가 없다. 죄인인 내가 왜 아무나 존경해야 하는가? 상처와 후회를 거절하는 영혼에게서 뭘 배우겠는가? 나는 이 소설의 주인공과 마찬가지로 나 자신을 포함한 세상의 많은 것들이 변화하기를 희망한다.

남쪽 바닷가의 한 숙박업소에 틀어박혀 퇴고를 했는데 오래전 깊은 병을 홀로 앓다가 돌아가신 스승을 한낮 꿈에서 뵈었다. 깨어난 나는 생전의 담담한 눈빛으로 건네시던 방금 전 어둠 속의 그 사랑을 곰곰이 되새기며 감히 내 것일 수 없을 만큼의 강한 용기를 얻었다. 가야 할 길을 끝까지 가고 싶을 뿐 즐겁고 싶은 욕심 따윈 없다. 새는 담 벽을 개의치 않는다.

아버지께서 편찮으시다. 못난 아들이 어리석었기 때문이다. 그런데도 나는 이런 이야기책밖에는 드릴 것이 없다.

2009년 3월

이응준

도움받은 책들

강철환, 『수용소의 노래』, 시대정신, 2005

권태면, 『북한에서 바라본 북한』, 중명출판사, 2005

권혁, 『고난의 강행군』, 정토출판, 1999

김국신, 『분단 극복의 경험과 한반도 통일 1·2』, 한울아카데미, 1994

김상수, 『북한 사람들에게서 듣는 북한 이야기』, 여백미디어, 2005

김성보 외, 『사진과 그림으로 보는 북한 현대사』, 웅진, 2004

김영탁, 『독일 통일과 동독 재건 과정』, 한울아카데미, 1997

김용민, 『독일 통일과 문학』, 창비, 2008

김태우, 『북핵, 감기인가 암인가』, 시대정신, 2006

김학준, 『북한의 역사 1·2』, 서울대학교 출판부, 2008

김한규, 『독일 통일과 한반도』, 계명대학교 출판부, 2008

남주홍, 『통일은 없다』, 랜덤하우스중앙, 2006

리영화, 『두 얼굴의 조국』, 시대정신, 2002

림일, 『평양으로 다시 갈까?』, 맑은소리, 2005

박상봉, 『독일 통일 통일 한국』, 진리와자유, 1999

박태균, 『한국전쟁』, 책과함께, 2005

박현희 외, 『거꾸로 읽는 통일 이야기』, 푸른나무, 2005

북한 사회과학원 철학연구소, 『북한 주체철학 철학 사전』, 힘, 1988

서울대학교 행정대학원 통일정책연구팀, 『남과 북 뭉치면 죽는다』, 랜덤하우스중앙, 2005

서정남, 『서정남의 북한 영화 탐사』, 생각의나무, 2002

선우현, 『우리 시대의 북한 철학』, 책세상, 2000

신용호, 『독일 통일에 따른 법적 문제』, 전주대학교 출판부, 1998

신일철, 『북한 주체사상의 형성과 쇠퇴』, 생각의나무, 2004

양현모, 『독일 통일의 경험이 남북한 체제 통합에 주는 교훈』, 한국행정연구원, 1998

연합뉴스 동북아정보 문화센터, 『김정일 100문 100답』, 연합뉴스, 2000

월간 민족21 엮음, 『북녘 사람들은 어떻게 살고 있을까?』, 선인, 2004

이기식, 『독일 통일 15년의 작은 백서』, 고려대학교 출판부, 2008

이덕형 외, 『독일, 통일 이후가 문제였다』, 경북대학교 출판부, 2007

이영국, 『나는 김정일 경호원이었다』, 시대정신, 2002

임영태, 『북한 50년사 1·2』, 들녘, 1999

임정택 외, 『논쟁—독일 통일의 과정과 결과』, 창비, 1991

정병준, 『한국전쟁』, 돌베게, 2006

장을병 외, 『남북한 정치의 구조와 전망』, 한울아카데미, 1994

정창현, 『곁에서 본 김정일』, 김영사, 2000

정창현, 『변화하는 북한 변하지 않는 북한』, 선인, 2005

정창현, 『북한 사회 깊이 읽기』, 민속원, 2006

조정기 외, 『남북의 청소년』, 시대정신, 2006

좋은벗들 엮음, 『두만강을 건너온 사람들』, 정토출판, 1999

좋은벗들 엮음, 『북한 사람들이 말하는 북한 이야기』, 정토출판, 2000

주성일, 『DMZ의 봄』, 시대정신, 2004

차종환 외, 『북한 탐방기』, 예가, 2008

호혜일, 『북한 요지경』, 맑은소리, 2006

황영채, 『NPT, 어떤 조약인가』, 한울아카데미, 1995

황장엽, 『북한의 진실과 허위』, 시대정신, 1999

황장엽, 『인간 중심 철학의 몇 가지 문제』, 시대정신, 2001

황장엽, 『민주주의 정치철학』, 시대정신, 2005

황장엽, 『황장엽 회고록』, 시대정신, 2006

황장엽, 『인간 중심 철학 원론』, 시대정신, 2008

마이클 브린, 김유경 옮김, 『Mr. 김정일』, 길산, 2005

마커스 놀랜드, 심달섭 외 옮김, 『김정일 이후의 한반도』, 시대정신, 2004

베르너 바이덴펠트, 이봉헌 외 옮김, 『독일 통일 백서』, 한겨레신문사, 1999

오토 단, 오인석 옮김, 『독일 국민과 민족주의의 역사』, 한울아카데미, 1996

올가 말리체바, 박정민 외 옮김, 『김정일과 왈츠를』, 한울, 2004

피터 헤이즈, 고대승 외 옮김, 『핵 딜레마』, 한울, 1993

헬무트 슈미트, 오승우 옮김, 『독일 통일의 노정에서』, 시와진실, 2007

후지모토 겐지, 신현호 옮김, 『김정일의 요리사』, 월간조선사, 2004

이응준

서울에서 태어나 한양대학교 독어독문학과와 동 대학원 석사과정을 졸업하고 국어국문학과에서
박사과정을 수료했다. 1990년 계간《문학과 비평》겨울호에 「깨달음은 갑자기 찾아온다」외 9편의
시로 등단했고, 1994년 계간《상상》가을호에 단편소설 「그는 추억의 속도로 걸어갔다」를 발표하
면서 소설가로 데뷔했다. 2013년 1월부터 2015년 1월까지《중앙선데이》에 21편의 칼럼을 연재하
면서 정치·사회·문화 비평을 시작했다. 시집 『나무들이 그 숲을 거부했다』『낙타와의 장거리 경
주』『애인』『목화, 어두운 마음의 깊이』, 소설집 『달의 뒤편으로 가는 자전거 여행』『내 여자친구
의 장례식』『무정한 짐승의 연애』『약혼』, 연작소설집 『밤의 첼로』『소년을 위한 사랑의 해석』, 장
편소설 『느릅나무 아래 숨긴 천국』『전갈자리에서 생긴 일』『내 연애의 모든 것』, 에세이소설 『해
피 붓다』, 소설선집 『그는 추억의 속도로 걸어갔다』, 논픽션 시리즈 '이응준의 문장전선' 제1권 『미
리 쓰는 통일 대한민국에 대한 어두운 회고』, 산문집 『영혼의 무기』, 작가수첩 『작가는 어떻게 생
각을 시작하는가』 등이 있다. 2008년 각본과 감독을 맡은 영화 「Lemon Tree」(40분)가 뉴욕아시
안아메리칸국제영화제 단편경쟁부문, 파리국제단편영화제 국제경쟁부문에 초청받았다. 2013년
장편소설 『내 연애의 모든 것』이 SBS 16부작 TV드라마로 제작 방영되었다. 영국 일간지《가디언》
은 2013년 5월 27일 자와 2015년 10월 9일 자에서 장편소설 『국가의 사생활』을 각각의 특집으로
다뤄 집중 조명했으며, 특히 2015년 10월 9일 자 「한국의 통일: 소설은 한반도의 디스토피아적 미
래를 상상했다」의 경우에는 작품 중 2개의 챕터(32매)를 발췌 번역 소개하였다. 문화무정부주의
조직 '문장전선'의 일원.

A Writer's Bunker http://blog.naver.com/junbunker

문장전선 트위터 http://twitter.com/munjang_warrior

국가의 사생활

1판 1쇄 펴냄 2009년 4월 10일
1판 10쇄 펴냄 2019년 7월 19일

지은이   이응준
발행인   박근섭·박상준
펴낸곳   (주)민음사

출판등록   1966. 5. 19. 제16-490호
주소   서울특별시 강남구 도산대로1길 62(신사동)
            강남출판문화센터 5층 (우편번호 06027)
대표전화   02-515-2000 | 팩시밀리 02-515-2007
홈페이지   www.minumsa.com

ISBN 978-89-374-8256-4 (03810)